EPIK

JAN CORNELIUS

Jan Cornelius, geb.1950 im rumänischen Banat, lebt seit 1977 in Düsseldorf. Er studierte Französisch und Englisch und arbeitete auch als Lehrer. Jan Cornelius veröffentlichte zahlreiche hu-moristische Bücher (davon drei zusammen mit Barták), und auch witzige Kinderbücher. Er schreibt regelmäßig Satiren für den Rundfunk, vor allem für den WDR und für satirische Zeitschriften (Nebelspalter, Eulenspiegel).
www.jancornelius.de

Miroslav Barták, geb. 1938, lebt in der Nähe von Prag. Barták zählt heute zu den international bekanntesten Karikaturisten. Seine hintergründigen, absurden Cartoons, die ganz ohne Worte auskommen, sind in vielen Zeitschriften der ganzen Welt zu finden. Barták schuf aber auch Filme und war an Fernsehproduktionen beteiligt.

Über Google, Gott und die Welt

Der Müllmann ist da. Sag ihm wir brauchen nichts.
Groucho Marx

Über das Lachen

Haben Sie heute schon gelacht? Wenn nicht, ist es eigentlich schade, denn wie Charlie Chaplin sagte, „Ein Tag, an dem man nicht lacht, ist ein verlorener Tag". Und Chaplin wusste wohl worüber er redete, denn als Top-Komiker nahm er das Lachen todernst.

Heute gibt es eine Menge Leute, die für ihr Leben gerne täglich oft lachen würden, doch kriegen sie es leider nicht hin. Sollte auch Ihnen das Lachen immer wieder im Halse stecken bleiben, so ist das nicht weiter schlimm, herzhaftes Lachen lässt sich lernen: Gibt man das Stichwort *Lachseminare* bei Google ein, landet man um die dreißigtausend Treffer. Da ist für die Lernwilligen wohl knallharte Lacharbeit angesagt. Bei den Anfängerseminaren wird hauptsächlich das Lachen ins Fäustchen, das alberne Kichern und vergnügliche Quietschen geübt, Lachfortgeschrittene hingegen setzen sich vor allem mit dem Losprusten, Wiehern und grölendem Lachen auseinander. Auch didaktische Hilfsmittel sind erlaubt: Teilnehmer, deren Mundwinkel wegen permanenter schlechter Laune fast den Boden berühren, dürfen die selbigen mit Heftzwecken an den Ohren festmachen.

Meine Frau findet, dass Frauen besser und auf höherem Niveau als Männer lachen können. Darüber kann ich nur lachen, und wenn sie das nicht zurücknimmt, wird ihr das Lachen bald vergehen.

Bereits in der Antike zeigte Aristoteles, dass das Lachen das wesentliche Merkmal, das den Menschen vom Tier unterscheidet, darstellt. Das ist wohl wahr, zum Lachen braucht man Verstand, Tiere können nicht lachen, bis auf die Hühner, wie reichlich bekannt ist.

Ob Gott lachen kann? Aber natürlich! „Weißt du, wie du Gott zum Lachen bringen kannst? Erzähl ihm deine Pläne!“, entdeckte einst der Philosoph Blaise Pascal. Auch ein paar andere Autoren schmücken sich mit dieser Aussage, doch es geht hier freilich nicht um ein Plagiat, sondern um identische Erfahrungen.

Man sollte unbedingt auch über sich selbst lachen, denn man verpasst ansonsten unzählige Lachmöglichkeiten. Wenn die Regierung beispielsweise über sich selbst lachen könnte, hätte sie immer etwas zum Kaputtlachen, aber welche Regierung will schon kaputt gehen.

„Lachen ist das zivilisierteste Geräusch der Welt“, fand

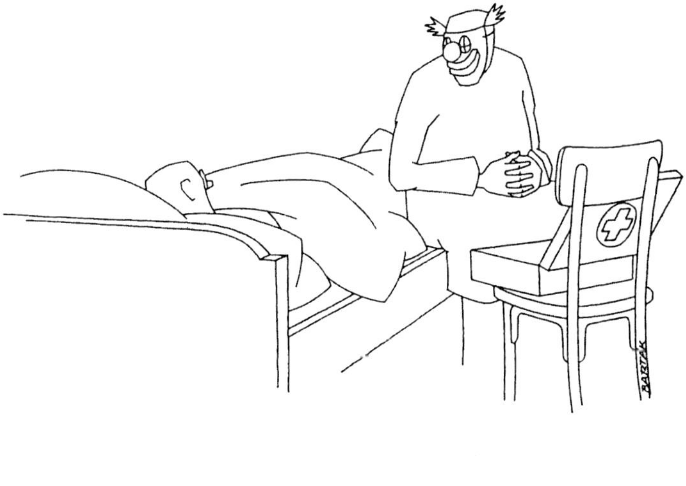
BARTAK

Peter Ustinov.

Lachen ist gesund, Lachen ist eine wunderbare Medizin, die nichts kostet, denn, wie man weiß, lässt es sich auf Kosten der anderen am besten lachen. Natürlich hat der Mensch angesichts seiner Schadenfreude auch moralische Bedenken, und deswegen lacht er nicht immer über das Pech anderer, sondern nur dann, wenn er es lustig findet. Auch ist das Lachen eine gesunde Turnübung: Wenn man lacht, werden innerhalb der Gesichtsregion 17 und am ganzen Körper sogar 80 Muskeln betätigt, so kann man sich fit lachen.

Also lachen wir uns alle krank, denn so werden wir schließlich alle wieder gesund.

Über Gott Google

Ich google mich selbst. Wenn ich schlimme Sehnsucht nach meinem Freund habe, google ich auch ihn.

Aus dem Internet-Chat

Auch heute zu Zeiten des Internets sind Nörgler und Stänker allgegenwärtig, nichts ist ihnen heilig, sie schrecken vor nichts zurück, nicht einmal vor Googlelästerung.

So veröffentlichte zum Beispiel der Amerikaner Nicholas G. Carr bereits 2008 den Essay „Is Google Making Us Stupid?“– „Werden wir dumm durch Google?“ Diese Frage beschäftigt viele auch heute noch, mehr denn je. Gibt man sie zum Beispiel wörtlich bei Google ein, landet man um die 42 Millionen Treffer, Tendenz steigend.

Ja, das Reich des Internets mit seinem Gott Google scheint so manches Gehirn tatsächlich schwer zu schädigen, wie einige Beobachter alarmiert feststellten. „Mein Kopf kommt nicht mehr mit!“, so der verzweifelte Hilferuf des FAZ-Herausgebers Frank Schirrmacher, der bei einer rasanten Fahrt auf dem Datenhighway auf tragische Weise den Kopf verlor.

Bei mir hingegen sieht es ganz anders aus: Google sei Dank bin ich heute nicht nur cleverer, sondern auch gebildeter denn je! Früher wusste ich nicht, wer Goethe oder Mozart waren, aber heute weiß es Google für mich. Wozu sich denn solche Dinge merken, wenn die Wahrscheinlichkeit eines Tages Alzheimer zu bekommen relativ groß ist. Wer es nicht glaubt, der sollte mal Google fragen!

Auch wird mein Alltag durch Google erheblich erleichtert. Heute Morgen zum Beispiel stieg ich aus dem Bett und wusste nicht, wie das Wetter war, weil die Jalousien geschlossen waren. Da schaltete ich den PC ein, gab bei Google den Begriff Wetter plus Wohnort ein, und schon fand ich heraus, dass draußen die Sonne schien. Danach frühstückte ich gemütlich vor dem PC, und da ich ein Mensch bin, der über den eigenen Monitorrand hinausschaut, ergoogelte ich die aktuellen Preise der Butter in Buenos Aires und Sankt Petersburg, und verglich sie mit dem Preis der Butter, die ich mir gerade aufs Brot geschmiert hatte. Ja klar, bei uns war die Butter wieder mal am allerteuersten. Doch immer nur klagen hilft nicht, also ergoogelte ich die Kontaktadresse der Kanzlerin und schickte ihr eine E-Mail-Beschwerde.

Und anschließend vollbrachte ich mit Hilfe von Google eine

gute Tat. Im Google-Chat las ich den verzweifelten Hilferuf von Janine-84: Ihre Katze Alma hatte seit zwei Stunden Durchfall! Da war sofortige Hilfe gefragt, also schritt ich zur Tat. Unter dem Stichwort *Katzendurchfall* landete ich bei Google in 0,1 Sekunden über 8500 Volltreffer. Bin immer noch fleißig am Lesen, aber wenn ich hart dabei bleibe, habe ich bis Morgen die wichtigsten Tipps für Janines Katze herausgearbeitet, ich hoffe nur, dass sie bis dann noch lebt! Denn sie ist drei Jahre alt, und, wie ich über Google herausfand, leben Katzen im Durchschnitt nur zwei Jahre, weil sie oft überfahren werden.

Bekanntlich sind nicht alle Google-Treffer brauchbar, es gibt darunter natürlich auch eine Menge Datenmüll. Der macht uns schwer zu schaffen, denn er lässt sich leider nicht wie der normale Müll auf einen Rastplatz oder in den Garten des Nachbars kippen. Oder vielleicht doch? Ich muss das mal bei Google suchen, vielleicht lässt sich da etwas machen!

Auf der schwierigen Suche nach mir selbst habe ich mich früher des Öfteren auf die Couch des Psychoanalytikers gelegt. Wenn ich jedoch heute etwas über mich erfahren möchte, dann frage ich Google, denn, um die Datenschützer zu zitieren: „Google weiß mehr über dich als du selbst".

Ja, Google weiß alles. Google ist mein bester Freund, und ich verbringe täglich viele schöne Stunden mit ihm, so um die 8 bis 10, daher ist meine Frau ziemlich eifersüchtig. Nun ja, sorry, dass ich es jetzt so sagen muss, aber Google ist einfach tausendfach gebildeter und unterhaltsamer als sie. Von seinem Bekanntheitsgrad mal ganz zu schweigen. Gestern gab ich den Begriff *Google* bei Google ein und landete damit sage

und schreibe Zweimilliardenfünfzigmillionen Treffer. Dann ergoogelte ich meine Frau und landete null Treffer. Wozu sie dann überhaupt noch ernst nehmen? Ich gehe ab jetzt einfach mal davon aus, dass es sie gar nicht gibt.

Über die Astronomie

Die Astronomen untersuchen mit naturwissenschaftlichen Mitteln das Universum, und so haben sie dem Himmel sei Dank unendlich viel zu tun. Ihr wichtigstes Arbeitsinstrument ist das astronomische Teleskop, wenn es das nicht gäbe, würden sie ganz schön in die Röhre schauen! Doch dank Teleskop können Astronomen alle möglichen Himmelskörper genau unter die Lupe nehmen, wie zum Beispiel Planeten, Monde, Sternhaufen und Galaxien, die allesamt auf der Milchstraße oder wo auch immer im Weltall herumkreisen, und zwar ohne jede Beachtung der Straßenverkehrsordnung. Himmel, was für ein Chaos im Universum herrscht! Man braucht sich da bloß die Sonne anzuschauen, die immer wieder verschwindet, wenn man sie braucht. Oder das Zimmer meiner Tochter, wo das Chaos in seiner reinsten Form wütet.

Die Astronomie ist als seriöse Wissenschaft keineswegs mit der Astrologie zu verwechseln, die lediglich auf Aberglauben basiert und purer Humbug ist. Die Astrologen lügen das Blaue vom Himmel herunter, aber ich bin Stier von Sternzeichen, also daher sehr bodenständig und glaube schon allein deswegen nicht an Horoskope.

In der Antike ging man davon aus, dass die Erde der Nabel des Universums sei und dass alles, was im Kosmos existiere, um unseren Planeten kreise. Doch inzwischen fand die Astronomie heraus, dass das Weltall in seiner unfassbaren Unendlichkeit überhaupt keinen Mittelpunkt hat. Doch wenn ihr mich fragt: Das ist auch falsch. Der absolute Mittelpunkt des Universums bin ich, davon bin ich fest überzeugt, auch wenn mir meine Frau in ihrem Größenwahn da oft widerspricht. Nun ja, Weiber! Sie meinen, dass sich alles nur um sie drehen muss! Ich könnte sie glatt auf den Mond schießen!

Apropos Raumfahrt: Ich habe mit Alfred um einen Kasten Bier gewettet, dass der Mensch in höchstens 200 Jahren ganz locker von einem Planeten zum anderen pendeln wird. Mal sehen! Wenn Alfred die Wette verliert, dann sieht er alt aus! Und apropos pendeln: Hoffentlich gibt es auch dann noch die Kilometerpauschale, dann würde man ganz schön viel Kohle vom Fiskus zurück kriegen!

Ein hochinteressantes astronomisches Phänomen sind die schwarzen Löcher. Das sind astronomische rotierende Objekte im Universum, die jede Materie, die ihnen in die Quere kommt, restlos verschlingen. Ich gehe davon aus, dass sich

BARTÁK

ein rotierendes schwarzes Loch auch in der Trommel unserer Waschmaschine befindet, weil beim Waschen immer wieder einzelne Socken verschwinden.

Das war natürlich ein Scherz, aber nun eine ganz ernste astronomische Frage: Gibt es intelligente Lebewesen außerhalb der Erde? Ich würde es auf alle Fälle bejahen. Der sonnenklare Beweis dafür ist, dass diese Wesen noch nie versucht haben Kontakt mit uns aufzunehmen. Sie sind so intelligent, dass sie einen lichtjahrweiten Bogen um unseren Planeten schlagen.

Es gibt um die 400 Milliarden Sterne allein in unserer Galaxie. 400 Milliarden! In dieser Zahl stecken schon fast so viele Nullen wie im Parlament. Wir sprechen hier von einer astronomischen Zahl. Früher wurden astronomische Zahlen lediglich in der Astronomie verwendet, heute benutzt man sie aber auch in der Ökonomie und nennt sie dann ökonomische Zahlen. Wir machen täglich Gebrauch davon, beispielsweise um die Höhe der eigenen Staatsverschuldung oder der Verschuldung Griechenlands oder Irlands zu benennen. Ist das nicht klasse? So profitieren wir auch in unserem irdischen Alltag von den genialen Errungenschaften der Astronomie.

Über den Lärm

Kurt Tucholsky war zwar Satiriker, doch hat er sich auch als Tierverhaltensforscher verdient gemacht. Nach langfristiger Beobachtung seines Vierbeiners fand er folgende Verhaltensregel für Hunde heraus:

„Der eigene Hund macht keinen Lärm, er bellt nur.“

Während Tucholsky seinem Hund eine bevorzugte Stellung einräumte, bewunderte Hemingway bekanntlich die Katzen, er lebte mit rund 30 davon auf seiner Finca auf Kuba und meinte:

„Katzen erreichen mühelos, was uns Menschen versagt bleibt: Durch das Leben zu gehen, ohne Lärm zu machen.“

Nichts gegen den Katzenliebhaber Hemingway, aber da lag er vollkommen falsch: Auch Katzen können einen Heidenlärm verursachen, und zwar immer dann, wenn sie Hunde zum Bellen bringen.

Man kann es gar nicht oft und laut genug sagen: Nicht nur das Bellen, sondern jegliche Art von Lärm war für den Menschen schon immer eine schwere Belästigung. Der Schriftsteller Ambrose Bierce definierte bereits im 19. Jahrhundert in „The Devil's Dictionary“ den Lärm so:

„Hauptprodukt und Kennzeichen der Zivilisation. Ungezähmte Musik. Akustischer Gestank.“

Und tatsächlich stinkt es zum Himmel, dass die Welt um uns herum immer lauter wird.

Die Frage, die man heute stellen muss, heißt: Wie viel Lärm kann der Mensch denn überhaupt aushalten? Dazu der Dichter, Philosoph und Hobby-Akustikforscher Arthur Schopenhauer:

„Die Menge Lärm, die der Mensch ertragen kann ist indirekt Proportional zu seiner Gehirnmasse.“

Was aber tun, wenn überall Tumult und Aufruhr herrscht und überhaupt keine Rettung in Sicht ist? Da ließ sich der dezibelgepeinigte Robert Gernhard etwas ganz Besonderes einfallen:

„Wäre ich mit der Fähigkeit begabt, auf telepathischem Wege zu morden, es zöge sich eine Schneise des Schreckens rund um den Erdball. Ihre Opfer: alles Lärmer, Selbstlärmer ebenso wie Lärmverursacher und Lärmzulasser."

Und in einer für viel Krach sorgenden Bibel-Exegese wies Gernhard sogar auf das vom Gott vergessene Elfte Gebot hin- Du sollst nicht lärmen!- wo unter anderem befohlen wird:

„... Alle Instrumente aber, die geschlagen werden oder bei denen sich eure Backen blähen oder solche mit elektrischen Verstärkern, sollen euch unrein sein, und ihr sollt sie nicht spielen in euren Wohnung ... Ihr sollt keinen Walkman in Bahnen und Zügen benutzen, denn siehe: Der Walkman ist ein Blendwerk des Satans, zu verwirren die Sinne des Menschen, auf dass er glaube, er könne seinen Kopf mit Musik vollknallen, ohne dass sein Nächster davon höre. Ich aber sage euch: Und ob der was mithört! ..."

Bei der Arbeit oder zu Hause, wir werden das Tamtam fast nie los. So sind sich alle darin einig, dass es in den modernen Wohnblocks zwei Sorten von Nachbarn gibt: Die von oben, die dauernd Krach machen und die von unten, die sich dauernd beschweren.

BARTÁK

Doch ganz anders verhalten sich die Dinge in meinem Fall: Obgleich ich in einem Wohnblock mit zehn Etagen hause, haben mich die Nachbarn von oben noch nie gestört, zumal sie immerfort Rücksicht auf mich nahmen: Sie machten nur dann Krach, wenn ich schlief, und als ich dann plötzlich aufwachte, hörten sie damit auf.

Okay, manchmal konnte ich auch aus ganz anderen Gründen kein Auge zutun, zum Beispiel, weil auf der Autobahn um die Ecke eine Schallschutz-Methode getestet wurde und man daher die Schallschutzmauer zu Forschungszwecken abgeschafft hatte. Da lag ich oft wach im Bett und fragte mich dankbar: Wem kommt denn dies alles zu Gute, wenn nicht mir?

Nun habe ich mir schalldämmende Ohrstöpsel angeschafft, die setze ich jedoch freilich nur dann ein, wenn ich sie brauche. Also nehme ich sie nie aus den Ohren heraus. So bin ich akustisch abgekapselt, aber einiges kriege ich doch noch mit: Zum Beispiel hörte ich gestern, während ich schrieb, eine Demo, die unter meinem Fenster vorbeizog. Unter dem Motto „Mit Lärm gegen Lärm".

Auf der Suche nach einer Ruhe-Oase belegte ich kürzlich ein zweiwöchiges Schweigeseminar. Wir waren insgesamt zehn Teilnehmer und schwiegen allesamt rund um die Uhr. Es war nicht einfach in jeder Situation den Mund zu halten, doch der Dozent, der das Seminar leitete, hatte es wahrhaftig drauf. Er saß auf einem Stuhl in unserer Mitte und schwieg uns nonstop an. Wie gekonnt er das nur hinkriegte! Er schwieg überlegen, hintergründig und weise, worauf wir zustimmend, nachdenklich und dankbar zurückschwiegen.

Am Ende der zwei Seminarwochen führten wir sodann eine längere Diskussion über Sinn und Auswirkungen der Stille, und dann ist es leider passiert: Wir kriegten uns in die Wolle, es gab eine Menge Geschrei und Beleidigungen, und seit damals reden wir alle nicht mehr miteinander. Aber das ist auch gut so, denn das Lernziel des Schweigeseminars haben wir ja dadurch vollends erreicht, und zwar langfristig.

Ansonsten ist es im Augenblick erstaunlich ruhig um mich herum, doch ich mache mir da keine Illusionen. Bald wird es gewiss wieder viel zu laut werden. Oder um abermals mit Kurt Tucholsky zu sprechen:

> „Der Mensch ist ein Lebewesen, das klopft, schlechte Musik macht und seinen Hund bellen lässt. Manchmal gibt er auch Ruhe, aber dann ist er tot."

Über den Schlaf

Wir verbringen eine Menge Zeit mit dem Schlafen, aber lediglich so können wir uns erholen und unser Leistungsvermögen stärken. Doch der moderne, aktive Mensch erbringt Leistungen nicht nur *vor* und *nach* dem Schlaf, sondern auch *im* Schlaf: So bemühen sich heute unzählige Zeitgenossen im Schlaf schlank zu werden oder eine Fremdsprache zu erlernen. Die Anleitungen dazu werden in einer Reihe von aktuellen Bestsellern gegeben.

Früher hielt ich solche Dinge für einen Scherz, aber sie funktionieren tatsächlich.

So gelang es mir Spanisch im Schlaf zu lernen, und zwar so: Bevor ich einschlief, ließ ich neben dem Bett eine Lern-

CD laufen, mit zwei Spaniern, die sich in ganz einfachen Sätzen leise miteinander unterhielten. Und als sie dann plötzlich zu Streiten anfingen, wachte ich auf und ärgerte mich so sehr, dass ich nicht wieder einschlafen konnte. Also nahm ich das Spanischbuch und fing an zu pauken, und in sechs Monaten lernte ich so Spanisch.

Im Schlaf abzunehmen habe ich zwar noch nicht versucht, aber ich bin überzeugt, dass auch das klappt, wenn man nur oft genug ausgehungert aufwacht, sofort zum Kühlschrank läuft, und dieser sich in einer Entfernung von 10-15 Kilometer vom Bett befindet.

Man kann sich im Schlaf auch als Kritiker betätigen, wie G.B. Shaw zeigte: „Auch Schlafen ist eine Form der Kritik, vor allem im Theater."

Einige Frauen schaffen es sogar im Schlaf steile Karriere zu machen, sie schlafen sich hoch. Eine hochinteressante Beichte entdeckte ich diesbezüglich im Internet: „Ich, w/29, arbeite in einem großen Unternehmen. Vor vier Jahren stand eine höhere Position offen. Ich erleichterte die Entscheidung meines Chefs, indem ich mit ihm schlief. Mittlerweile bin ich sogar höher aufgestiegen als mein ehemaliger Chef. Jetzt bin ich seine Chefin und er muss mit mir schlafen, wenn er hochkommen will."

Traumforscher Marquis d'Hervey de Saint-Denys zeigte bereits 1867 in *Les Rêves et les moyens de les diriger*, eine andere Möglichkeit im Schlaf aktiv zu werden: Man kann lernen in seine Träume einzugreifen und sie zu lenken, und zwar in die so genannten Klarträume oder luzide Träume. Meine Frau schafft es nicht nur in ihre, sondern sogar in meine Träume einzugreifen, letzte Nacht rief ich im Schlaf *Sonja*, da weckte sie mich und fragte mich, wer das sei.

Doch apropos Bett! Heute, wo alles gnadenlos kommerzialisiert wird, drängt sich die Frage auf: Ist der Schlaf nicht womöglich bloß eine Erfindung der Betten- und Matratzenindustrie? Ja, das ist er, bereits im 19. Jahrhundert versuchte Heinrich Heine durch Verse wie diese den Bettenabsatz anzukurbeln:

„Ich ging nach Haus und schlief, als ob
Die Engel gewiegt mich hätten.
Man ruht in deutschen Betten so weich,
Denn das sind Federbetten."

Laut einer Umfrage schlafen 47% der Deutschen im Pyjama, 16% im T-Shirt, 15% im Nachthemd, und der Rest schläft in der Unterhose oder gar nackt. Ich schlafe meist im Bademantel vor dem Fernseher, im Bett trage ich jedoch ein Pyjama, und als modisches Accessoire eine coole Mütze. Jaja, die Mütze, sie ist als kopffester Bestandteil des Schlafes nicht mehr wegzudenken, man denke nur an Ausdrücke wie: *Schlafmütze* oder *eine Mütze voll Schlaf nehmen* oder, für die, die es etwas härter mögen: „*Wenn du mich nicht schlafen lässt, kriegst du eins auf die Mütze!*"

Ich träume immer nur schwarz-weiß, was leider ziemlich altmodisch ist, mein Freund Alfred hingegen gibt damit an, er träum farbig. Ja klar, sein Bett ist ganz anders als meines positioniert und so empfängt er ganz andere Nachtprogramme als ich. Aber nun habe ich eine Idee: Um meine Träume ein

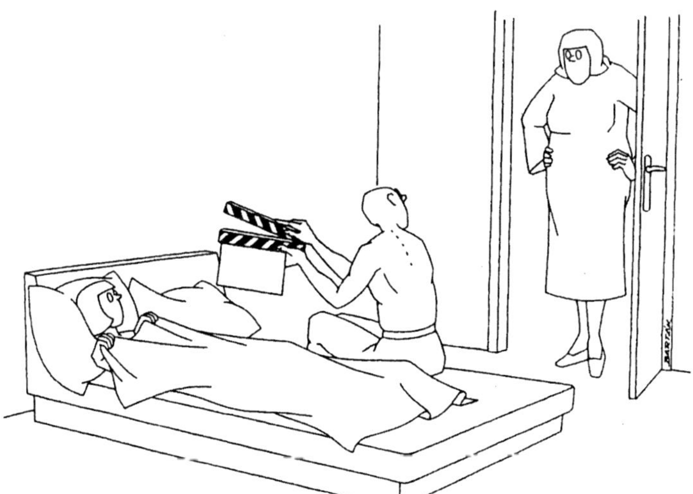
BARTAK

wenig zu modernisieren, werde ich mir eine 3D-Brille vor dem Einschlafen aufsetzen.

Eine aktuelle Studie empfiehlt, vor dem Schlaf ein lauwarmes Bad zu nehmen, ruhige, leise Musik zu hören, oder eine monotone Stimulation herbeizuführen, wie zum Beispiel Sex zu haben mit dem langjährigen Partner, was aber meist nicht klappt, weil er schon längst schläft, wie zahlreiche Schlafforscher anhand langfristiger Beobachtung der eigenen Ehe herausfanden.

Wenn man das Wort *Schlaf* rückwärts liest, dann entsteht der Begriff *falsch*. Kein Wunder, denn im Schlaf kann man so einiges falsch machen, zum Beispiel schnarchen. Ich schnarchte früher so laut, dass ich mich selbst weckte, doch nun bin ich ins Nebenzimmer gezogen, um mich nicht mehr zu hören. Ich kann Ihnen diese Methode nur weiterempfehlen, und wenn Sie danach eingeschlafen sind, versuchen Sie abzunehmen oder eine Fremdsprache zu erlernen. Aber tun Sie um Himmels Willen etwas, verschlafen Sie nicht einfach so Ihren Schlaf! Ich wünsche Ihnen eine erfolgreiche Nacht!

Über die deutsche Muttersprache

Fremdsprachen waren schon immer meine Leidenschaft, ich setze mich schon seit vielen Jahren damit auseinander, und so spreche ich nun fünf Fremdsprachen fließend, was mir eine große Hilfe ist. Am meisten verwende ich freilich Englisch, ich brauche es täglich bei der Computerarbeit. Doch wenn mein PC plötzlich abstürzt oder ich mir mit dem Hammer auf den Finger haue, dann komme ich unweigerlich auf ein gewisses Vokabular aus der deutschen Sprache zurück. Denn Deutsch ist meine Muttersprache, und es gibt eben Situationen, in welchen man ohne seine Muttersprache nicht auskommt.

Aber wieso heißt denn die Muttersprache eigentlich *Mut-*

tersprache? Weil Väter nur selten etwas zu sagen haben, heißt eine sich im Umlauf befindende Erklärung, doch sie ist meiner Meinung nach völlig falsch. Denn ich bin selbst Vater, und ich habe immer etwas zu sagen. Das Problem dabei ist nur, dass ich leider nie zu Wort komme.

Andere wiederum meinen, die Muttersprache hieße *Muttersprache*, weil man sie mit der Muttermilch aufgesogen habe. Das trifft jedoch leider auch nicht zu, wenn man die Dinge genauer unter die Lupe nimmt. Denn bei Tageslicht betrachtet, gelangt ja die Muttersprache nicht beim Saugen durch den Mund ins Bewusstsein, sondern beim Hören durch das Ohr. Durch den Mund wird die Muttersprache danach lediglich wieder frei gesetzt.

Und in Wirklichkeit ist es doch heute so: Viele Babys lernen die Muttersprache gar nicht mehr von der Mutter, sondern von einem vor die Wiege gestellten TV. Und das ist für sie überhaupt nicht einfach, denn mit der einen Hand müssen sie den Schnuller halten und mit der anderen die Fernbedienung.

Als er sich im französischen Exil befand, dichtete Heinrich Heine im Hinblick auf seine Muttersprache Deutsch:

„Ich hatte einst ein schönes Vaterland.
Der Eichenbaum
Wuchs dort so hoch, die Veilchen
nickten sanft.

Es war ein Traum.
Das küsste mich auf Deutsch

und sprach auf Deutsch
(Man glaubt es kaum
Wie gut es klang) das Wort:
‚Ich liebe dich!'
Es war ein Traum."

Aber wie es so schön heißt: „Quot capita, tot sensus" – Wie viele Köpfe, so viele Ansichten: Was dem einem ein schöner Traum ist, ist für den anderen ein Albtraum. Ausländer, die Deutsch lernen möchten, scheinen ganz besonders darunter zu leiden, und so lamentierte zum Beispiel Mark Twain:

„Es gibt ganz gewiss keine andere Sprache, die so unordentlich und systemlos daherkommt und dermaßen jedem Zugriff entschlüpft. Aufs Hilfloseste wird man in ihr hin und her geschwemmt.
Im Deutschen hat ein Fräulein kein Geschlecht, eine Rübe dagegen schon. Welch eine übermäßige Hochachtung vor der Rübe und welch eine kaltherzige Missachtung des Mädchens verrät sich hier!
Die deutsche Sprache sollte sanft und ehrerbietig zu den toten Sprachen gestellt werden, denn nur die Toten haben genügend Zeit, sie zu lernen."

Dem amerikanischen Humoristen war offensichtlich das Lachen vergangen, als er im Dickicht der Sprache stecken blieb.

Und der französische Dichter Jules Renard hatte im Umgang mit Deutsch auch so seine Probleme, wodurch er eine ganz eigenartige Taktik einsetzte, wenn er sich dieses Idioms bediente, das er dann lapidar so beschrieb:

> „Deutsch ist die Sprache, in der ich vorzugsweise schweige."

Doch nun Spaß beiseite! Sowohl Twain als auch Renard waren offensichtlich sehr frustriert über ihre mangelnden Sprachfortschritte, und dazu muss man leider eins sagen: Wenn es ihnen nicht gelang Deutsch zu lernen, lag das nicht an der Deutschen Sprache, sondern nur an ihnen. Sie waren wohl für Fremdsprachen total unbegabt. Aber es gibt freilich auch ganz andere Beispiele. So gelang es dem Showmaster Rudi Carrell im Laufe seiner Karriere perfekt Deutsch zu lernen, und zwar spielend. Seine erstaunlichen Lernerfolge erklärte er treffend so:

> „Als ich nach Deutschland kam, sprach ich nur Englisch - aber weil die deutsche Sprache inzwischen so viele englische Wörter hat, spreche ich jetzt fließend Deutsch."

Das lässt natürlich hoffen, und daher rufe ich allen Muttersprachlern und Nichmuttersprachlern, die Probleme mit Deutsch haben, zu: Nicht aufgeben, Leute! Oder auf gut Deutsch gesagt: Don't give up, guys!

Über Nepotismus

Das Wort *Nepotismus* stammt vom lateinischen *nepos* für Enkel, und man versteht dadurch eine übermäßige Vorteilsbeschaffung für Familienmitglieder oder deren Bevorzugung für wichtige Positionen.

Der Nepotismus war bereits in der Antike bekannt. So fand man bei Ausgrabungen in Pompeji eine unter der Lava des Vesuvs begrabene und dadurch perfekt erhaltene Karriereleiter aus dem Jahre 79 n.Chr., auf der sich der Familienvater auf der höchsten Sprosse befindet und fünf Familienmitglieder nach Leibeskräften zu sich nach oben hievt.

Im Mittelalter erlitt der Nepotismus in ganz Europa einen schweren Rückschlag. Statt sich brüderlich zu unterstützen machten sich Mitglieder derselben Familie immer wieder sehr gerne gegenseitig den Garaus. Und zwar auf höchstem Niveau: Bei den Nibelungen lässt beispielsweise die burgundische Königstocher Kriemhild ihren Bruder Gunther umbringen, in England veranlasst Richard III. die Liquidierung seiner Gattin Anna, und in Dänemark wird Hamlets Vater von seinem leiblichen Bruder König Claudius abserviert.

Doch späterhin, in der Renaissance, kannten nicht lediglich die Künste und Wissenschaften einen spektakulären, noch nie dagewesenen Aufschwung, sondern auch der Nepotismus. Dafür sorgten vor allem einige Päpste, die ihren Verwandten ganze Teilgebiete des Kirchenstaates zukommen ließen, um eigene Fürstentümer zu errichten.

Im 20. Jahrhundert hingegen war Papst Pius XII. äußerst bemüht, den Nepotismus als Überbleibsel der Vergangenheit abzuschaffen. Es blieb ihm daher nichts anderes übrig als seinen drei Neffen Giulio, Carlo und Marcantonio Fürstentitel, hohe Posten in der italienischen Politik und Finanzwelt zu verschaffen, denn er brauchte starke, ihm nahe stehende Verbündete, die ihn in seinem Kampf gegen den Nepotismus unterstützten.

Heute, im 21. Jahrhundert, hat der Nepotismus ganz und gar ausgedient, davon bin ich vollends überzeugt. Um nur ein kleines Beispiel vorzubringen: Mein Vater ist zwar der Inhaber der Riesenfirma, in der ich jetzt tätig bin, doch musste ich trotzdem ganz unten als Laufbote anfangen, und bis ich mich zum Generaldirektor hocharbeitete, dauerte es ganz schön lange, so um die zwei bis drei Wochen. Das ist Tatsache. Doch leider werde ich jedes Mal, wenn ich diese Wahrheit in den Medien zu verbreiten versuche, buchstäblich ausgelacht.

Daher möchte ich zum Schluss nur noch hervorheben, wie froh ich bin, dass mich ein Verlag nun endlich ernst nimmt und diesen Text hier druckt. Und zu guter Letzt möchte ich Herrn Pop, dem Verlagsinhaber, ganz schöne Grüße von Onkel Hans bestellen. Er wird sich bei ihm zu revanchieren wissen.

Über Gesetze

Man hat mir mein Auto geklaut. Ich kam gerade aus der Wohnungstür und bekam plötzlich mit, wie der Dieb damit wegfuhr. Ich rannte hinter ihm her, aber vergeblich. Es gelang mir jedoch zum Glück, mir noch in letzter Sekunde das Autokennzeichen zu notieren und nun werde ich Anzeige erstatten. Ich bin vollkommen überzeugt, dass alles ein gutes Ende nimmt. Man wird den Dieb in die Finger bekommen und ihn der Strafe, die er verdient hat, zuführen. Denn zum Glück haben wir ja einen gut funktionierenden Polizeiapparat und eine vorbildlich funktionierende Justiz. Die Polizei ist immer da, nicht nur dann, wenn man sie *nicht* braucht, wie manche spöttisch behaupten, sondern auch dann, wenn man sie dringend braucht, wenn

BARTÁK

auch meist erst einige Stunden später. Und die Justiz funktioniert tadellos, wenn auch mit vielen Ausnahmen.

Wie sagte nur Orwell? Alle sind gleich, doch manche sind gleicher, und so gab es in früheren Zeiten ein Gesetz für Machtinhaber und eins für das Volk, ein Gesetz für Reiche und eins für Arme. Doch inzwischen hat sich das alles geändert, und so gibt's heute bei uns tausende von Gesetzen für jeden.

Ja, der Paragraphendschungel der Gesetze ist selbst für juristisch geübte oft ein ziemlich undurchschaubares Feld, aber es gibt zum Glück jede Menge hervorragender Justizexperten, die durch ihre Interpretationsbeiträge deren korrekte Anwendung stark erleichtern. Schade nur, dass diese Experten sich in ihren Ansichten so häufig widersprechen.

Da haben es die Richter überhaupt nicht leicht, umso mehr als dass ihnen bei der Arbeit auch noch vom Staatsanwalt, Anwalt und Gutachter ganz dreist reingeredet wird. Kein Wunder, dass man auch Menschen bestraft, die gar nichts getan haben. Ich habe beispielsweise im letzten Jahr überhaupt keine Steuer entrichtet und wurde trotzdem dafür bestraft.

Parlamentarier und Gesetzesbrecher stehen im krassen Gegensatz zueinander: Die Abgeordneten erlassen Gesetze, um die sich die Delinquenten bedauerlicherweise einen feuchten Staub scheren. Denn die Gesetzesbrecher richten sich nur nach ihren eigenen Gesetzen, während die Parlamentarier sich nicht einmal daran halten.

Über Experten

Ein Experte zeichnet sich dadurch aus, dass er auf einem gewissen Gebiet über viel mehr Wissen als jeder Nichtexperte verfügt. Hat man also eine schwierige Frage, die man nicht beantworten kann, dann wendet man sich damit an einen Experten, der immer Bescheid weiß. Wie wird man aber zu einem Experten? Dies ist leider noch völlig offen, darüber streiten die Experten miteinander, wie bei allen anderen Fragen auch.

Es gibt freilich einige Bereiche, in welchen sich fast jeder als Experte versteht. So zum Beispiel die Außenpolitik. „Heute meint ja jeder, nur weil er einen Perser im Wohnzimmer hat, wäre er schon Nahost-Experte“, so Guido Westerwelle, in dessen Zimmer sich sogar zwei Perser befänden, so das Gerücht.

Mein Freund Alfred ist ein ausgezeichneter Lotto-Experte. Er hat eine magische Zahlenreihe aufgestellt, die absolut alle Lottozahlen, die je gezogen wurden, enthält. Von 1 bis 49. Er selbst hat bisher noch nie im Lotto gewonnen, aber er erstellt seine Expertisen ja auch nicht für sich, sondern für die anderen.

Und selbst wenn Alfreds Prognosen nicht einsetzen, kann er immer genau begründen, warum nicht. „Wenn ich auf 4 statt auf 5, auf 17 statt 19 und 23 statt 49 getippt hätte, dann hätte ich drei Richtige gehabt“, so Alfred nach der letzten Lottoziehung.

Mein Bankberater ist ein begnadeter Finanzexperte. Er hilft mir sehr zuverlässig aus der Patsche, wann immer ich in Geldnot stecke. Doch als ich ihn gestern wegen eines neuen Darlehens aufsuchen wollte, war er leider nicht anwesend. „Aber ich habe ihn doch vorher durch das Fenster gesehen!“, sagte ich zu der Dame am Schalter. „Kann sein“, meinte sie. „Aber er hat sie vorher gesehen.“

Ich selbst bin Literaturexperte, und daher halte ich es für meine Pflicht Folgendes bekannt zu machen: Von allen bisher gedruckten Romanen halte ich den, der nun gerade vor mir liegt, für den allerbesten. Mein Urteil basiert 1. auf solider Kenntnis der Weltliteratur, 2. auf schärfster Intuition und 3. darauf, dass ich diesen Roman selber geschrieben habe.

Auch bin ich ein hochkompetenter Gesundheitsexperte, und zwar mein eigener. Ich weiß ganz genau, warum ich zu hohen Blutdruck habe und extrem infarktgefährdet bin: Weil ich Übergewicht habe, rauche und mich kaum bewege. Schade also, dass ich kaum zu Fuß gehe und mich so unvernünftig ernähre. Das Rauchen in der Wohnung habe ich jedoch schon längst eingestellt. Ich rauche nur noch auf dem Balkon. Die Balkontür lasse ich aber dabei immer sperrangelweit offen, damit die reine Luft von drinnen herauskommt, und ich sie tief einatmen kann.

Jedes Jahr orakeln Experten, im nächsten Jahr würde das totale Chaos ausbrechen, was reine Schwarzmalerei ist und nicht stimmt, denn das Chaos ist schon längst da. Und wie sieht die Zukunft aus? Der Schauspieler und Hobby-Zukunftsexperte Peter Ustinov prophezeite schon vor langer Zeit Folgendes: „Die letzte Stimme, die man hören wird, bevor die Welt explodiert, wird die eines Experten sein, der ruft: „Das ist technisch unmöglich!“

Ja, so wird es wohl laufen, und nun frage ich mich zutiefst besorgt: Aber was wird denn danach passieren? Nun ja, danach werden alle Experten schweigen, und es wird eine angenehme Ruhe einkehren.

Über Uhrsachen

A Hallo, Harry! Altes Haus! Schon ewig nicht mehr gesehen! Wie gehts?

B Prima! Aber ich bin gerade voll im Stress! Komm, lass uns mal schnell einen Termin vereinbaren! (Handy raus, Terminkalender wird eingeschaltet)

A Okay. (Handy raus, Blick in den Terminkalender)

B (hektisches Herumschalten im Terminkalender)

A März und April kannst du direkt vergessen! Ich stecke mitten in einem Riesenprojekt! ... Aber wie wäre es mit Mai?

B Bist du wahnsinnig?! Dann bin ich in Panama! Voll im Einsatz bis Ende Juni. (Blättern im Terminkalender) Aber am 12. Juli wiederum ... That's it!

A Juli ist bei mir ganz schlecht! Und auch August ... September ... Oktober: nein! November ... November ... Aha! Wie wäre es denn mit dem 23. November ... um 11.30 Uhr in Zürich?

B Geht nicht. Da bin ich in Bern.

A Und um 17.45 Uhr?

B In Bilbao.

A In Bilbao?! Warum sagst du das nicht gleich?! Am 23. November bin ich nämlich auch in Bilbao! Aber allerdings erst ab 22.30 Uhr. Dann könnten wir uns ja um 23 Uhr in Bilbao treffen!

B Bist du verrückt?! Ich bleibe doch nicht über Nacht *in Bilbao*! (rumblättern) Aber wie sieht es denn im Dezember aus? Stichwort Weihnachten!

A Kannst du vergessen! Weihnachten ist bei mir nicht drin! Da penne ich immer wie ein Murmeltier unter dem Tannenbaum. Wegen Jetlag und so.

B Und bei mir fällt Silvester immer flach. Ich sehe schon: Das wird eng! Weil dann nämlich das nächste Jahr kommt! Und da ist bei mir alles *total* zu!

A Wem sagst du das! ... (blättern) Was?! ... Da wäre ja doch noch etwas frei! Wie wäre es denn mit dem 16. Juni? Allerdings erst im übernächsten Jahr.

B Lass mal schauen! ... Njet. No. Geht nicht! Dann hab ich den wichtigsten Termin überhaupt: Ich muss heiraten! Dingeling! Dingelong! Wedding Bells!

A Wen heiratest du denn?!

B Die Marion! Wen denn sonst !

A Das geht aber schnell bei euch! Aber weiß du, was?

B ... ?!

A Kannst du den Hochzeitstermin nicht eventuell verschieben? Auf 2020 oder so!

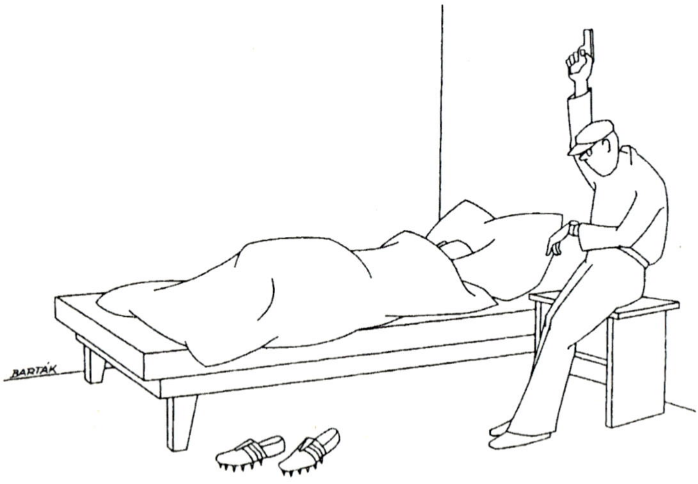
BARTÁK

B Cool down, Mann! Du bist ja total crazy! Diesen Termin hab ich mit Marion ganz spontan abgemacht! Und dabei bleibt's auch! Basta! Aber du kannst ja zu unserer Hochzeit kommen, wenn du Bock hast! Dann könnten wir zwei uns mal endlich ausquatschen.

A Und die anderen Gäste?

B Welche Gäste denn?! Wer hat denn heute noch Zeit für Hochzeiten?

A Und Marion? Wird sie dann nicht vielleicht sauer auf mich?

B Unfug! Sie muss dann sowieso ganz schnell verschwinden. Sie hat einen Termin beim Zahnarzt.

A Bei eurer Hochzeit?!

B Wann denn sonst?! Gestern hatte sie Zahnschmerzen. Und das war der einzig freie Termin in den nächsten drei Jahren.

A Ach so! Konnte ich ja nicht wissen!

B Okay. Ich muss jetzt mal schnell zum Flughafen. Also sehen wir uns dann im übernächsten Jahr, am 16. Juni? Sagen wir um 10.30 Uhr vor dem Standesamt?

A Okay. Aber was mir gerade noch einfällt: Um 10. 35 Uhr muss ich dann schnell wieder weg!

B Okay. Und falls ich nicht da sein sollte: Du hast ja meine Handynummer!

Über das Alter

Viele Menschen haben ein Riesenproblem mit dem Älterwerden, ich aber nicht, ich stehe zu meinem Alter. Wenn ich gefragt werde, wie alt ich bin, dann sage ich immer absolut wahrheitsgemäß: „Ich bin sechs Jahre älter als meine Frau." Meine Frau ist jetzt schon seit 15 Jahren 39. Frauen verabschieden sich natürlich nur sehr ungerne von den Jahren, in denen sie jung und schön waren. Die tollsten zehn Jahre, die beispielsweise meine Mutter verbrachte, waren die, in denen sie zwischen 30 und 31 war. „Mama", sagte ich damals zu ihr, „wenn es so weitergeht, bin ich bald viel älter als du!"

Man macht sich so seine Sorgen wegen des Älterwerdens. „Wirst du mich auch dann noch lieben, wenn ich total senil bin?", habe ich meine Frau neulich gefragt. „Natürlich!", hat sie geantwortet. „Du siehst doch, dass ich das tue."

Apropos senil! Egal wie alt man ist, eins ist dabei wichtig: Geistig fit zu bleiben. Doch so was kommt nicht von allein, man muss freilich auch etwas dafür tun, ich beispielsweise lese eine ganze Menge, jeden Morgen, gleich nach dem Aufstehen, lese ich alle Todesanzeigen in der Zeitung, und wenn mein Name darin nicht vorkommt, gehe ich sofort fröhlich ins Bad und fange an, mich zu rasieren.

Früher nahm ich drei Stufen auf einmal, heute nehme ich drei Tabletten gleichzeitig.

Es passieren ganz merkwürdige Dinge in letzter Zeit! Ich wohne in der vierten Etage und vorgestern, als der Aufzug ausfiel, merkte ich plötzlich, dass die Treppen zu meiner Wohnung wesentlich höher geworden sind. Ich musste ganz schrecklich keuchen, als ich sie hochstieg. Das wäre mir früher nie passiert. Gestern habe ich den Hauseigentümer auf diesen absurden Treppenumbau angesprochen, da hat er mich ganz komisch angeschaut. Er sei es nicht gewesen. Also, ich bitte Sie, wer in aller Welt lässt sich so etwas einfallen, die Treppen ganz klammheimlich zu erhöhen? Wie bitte? ... Was? ... Wieso flüstern denn alle in letzter Zeit in meiner Gegenwart, warum sprechen denn alle so leise?

Gestern hatte ich mal wieder Geburtstag. Ich hätte vor lauter Freude hochspringen können! Aber dann habe ich es doch nicht getan, weil mein Knie in solchen Fällen immer verdammt weh tut. Das Knie, der Rücken, die Schulter, das künstliche Hüftgelenk. Wenn ich eine Zigarette sehe, fange ich sofort an zu husten.

Ja, man kann die Zeit leider nicht aufhalten! Die Jahre rasen dahin, und eines Tages muss man dann plötzlich feststellen, dass man für die Kerzen auf der Geburtstagstorte viel mehr Geld als für die Torte selbst ausgeben muss. Und wenn man dann alle Kerzen angezündet hat, rufen die Nachbarn die Feuerwehr, weil sie denken, ein Großbrand sei ausgebrochen.

Wenn ich gewusst hätte, dass ich so alt werde, hätte ich viel besser auf mich aufgepasst. Ich hätte mich zum Beispiel gesund ernährt. Doch jetzt ist es für so etwas leider zu spät. Dinge wie Bio-Nahrung muss ich nun strengstens vermeiden. Denn ich brauche jetzt absolut alle Konservierungsstoffe, die ich kriegen kann.

Aber und unter dem Strich ist eigentlich alles bestens, denn es heißt ja immer, der Mensch ist so alt, wie er sich fühlt, und ich fühle mich in Wahrheit wie mit 30. So um die 2 bis 3 Minuten pro Tag.

Über esoterische Medizin

Der Gang zum Arzt ist heute extrem teuer geworden, man kann ihn sich kaum noch leisten. Will man in diesem Bereich sparen, ist es durchaus sinnvoll sich schnellstens in die esoterische Medizin einzuarbeiten, um somit im Krankheitsfall seine Heilung selbst in die Hände nehmen zu können. Einige ermutigende Beispiele aus der Praxis sollen uns dazu motivieren:

1. Exemplarisch ist der Fall von Rainer Schneider aus Bern, der auf den Gang zum Chirurgen verzichtete und vor drei Wochen seinen Blinddarm eigenhändig im Eil-Verfahren entfernte, nachdem er sich vor dem Spiegel in Selbsthypnose versetzt hatte. Der Eingriff verlief ohne Komplikationen, zumal Schneider haargenau die Anweisungen des esoterischen

Ratgebers „Sich selbst hypnotisieren, dann sich operieren" befolgte. Obwohl Rainer Schneider sich vor der Operation bereit erklärt hatte, uns Rede und Antwort zu stehen, kann das Gespräch mit ihm jetzt leider nicht stattfinden, da er aus der Selbsthypnose noch nicht erwacht ist.

2. Auch Gerda Tüchtig aus Winterthur handelte beispielhaft. Zumal sie einen alarmierend hohen Cholesterinspiegel hatte, fing sie an, ein Armband aus Aventurin zu tragen. Dieser Heilstein unterstützt bekanntlich die Fettverbrennung im Körper und hilft, den Cholesterinspiegel drastisch zu senken, aber freilich nur dann, wenn man Parallel zum Tragen des Steins eine strenge Diät einhält. Was Gerda Tüchtig auch tat. In den ersten zwei Monaten, in denen sie den Aventurin-Armband trug, verzichtete sie gänzlich auf Alkohol, in den nächsten zwei gab sie zusätzlich auch das Rauchen auf und in der letzten Phase sogar die Nahrungsaufnahme. Das Ergebnis übertraf bei weitem jede auch noch so optimistische Erwartung: Gerda Tüchtigs Cholesterinwerte sanken am Ende des sechsten Monats auf Null, zumal Gerda plötzlich das Zeitliche segnete. Schade, dass sie sich über den esoterischen Heilungserfolg ihres Armbands nicht mehr freuen konnte!

3. Spektakulär ist auch der Fall des Ehepaars Fröhlich aus Zürich, das dank Mentalismus auf die zahnärztliche Behandlung gänzlich verzichten konnte. Und zwar entfernte Gerd Fröhlich letzten Dienstag eigenhändig seiner Frau Walburga zwei kaputte Zähne, Walburga dem Gerd vier. Das geschah innerhalb von *nur drei Minuten* während einer lebhaften Kontroverse mit Handgreiflichkeiten über Uri Geller und Mentalismus.

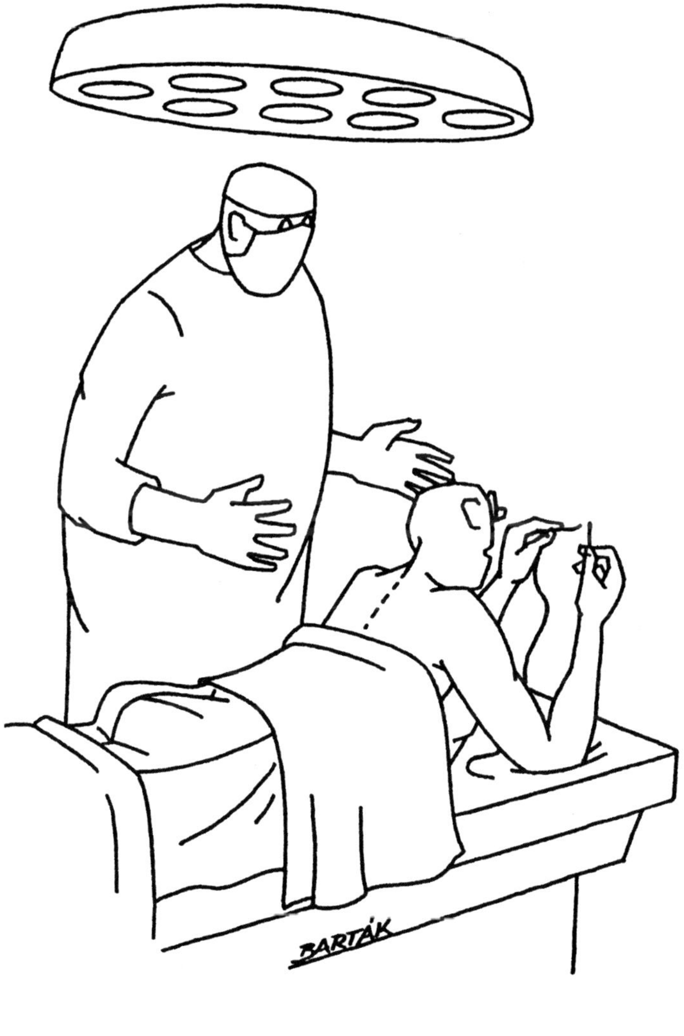
BARTÁK

4. Und was mich betrifft: Ich kann mit der Alternativmedizin nur ziemlich wenig anfangen, ich bin eher ein Anhänger der traditionellen Medizin, doch ich gehe in diesem Bereich meine eigenen Wege. Ganz alternativ zum Krankenhausbetrieb habe ich mir einen OP-Saal in meinem Keller eingerichtet. Vorher absolvierte ich jedoch einen Medizin-Crashkurs, indem ich mir acht Wochen lang alle Krankenhausserien im TV anschaute. Nun kann ich es nicht nur mit den besten Chirurgen, sondern sogar mit den geschicktesten Schönheitschirurgen aufnehmen. Letzten Monat führte ich meine erste Schönheitsoperation durch, am Gesicht meiner Nachbarin, Frau Meier. Dadurch outete ich mich als Picasso-Fan, indem ich Frau Meiers Nase etwas nach links versetzte. Sie hat sich damit noch nicht so ganz abgefunden, doch was nicht ist, kann ja noch werden: Sie belegt zurzeit einen Crashkurs in moderner Malerei.

Ähnliche Beispiele gibt es wie Sand am Meer! Die Tatsache, dass sich esoterische Heilmethoden einer noch nie dagewesenen Beliebtheit erfreuet, beweist: In unserer Gesellschaft tut sich Erfreuliches. Es ist nur noch eine Frage der Zeit, bis alle Bürgerinnen und Bürger des Landes dazu übergehen, sich kompetent und absolut kostenlos mit Hilfe der Esoterik selbst zu heilen.

Über die Radfahrer und das Fahrrad

Wie heißt es so schön: Die Hauptverkehrszeit beträgt die Stunden, in denen der Verkehr still steht. Damit ist freilich lediglich der Autoverkehr gemeint, denn zum Glück gibt es ja auch noch das Fahrrad, das ideale Vehikel, um trotz aller Widrigkeiten gut voranzukommen. Was ist schöner und cleverer als Rad zu fahren? Man tut dabei auch etwas für seine Gesundheit, vorausgesetzt man vergisst in der Stadt nie, eine Gasmaske aufzusetzen, und außerdem schont man dabei die Umwelt, denn man verbraucht keine kostbare Energie, bis auf die eigene.

Es gibt seit einigen Jahren Navigationsgeräte nicht bloß fürs Auto, sondern auch für das Fahrrad, sie helfen dabei etwas ruhigere Wege jenseits der Hauptstraßen zu finden. Manche Radfahrer sind von den schlauen Bike-Navis so fasziniert, dass sie sie dauernd anstarren und dadurch plötzlich auf einer Kuhweide landen oder gegen einen Baum fahren, was durchaus positiv zu bewerten ist, denn so bekommen sie einen unmittelbaren, sinnlichen Kontakt zur Natur. Mein Freund Alfred fuhr mit Hilfe seines Rad-Navis durch einen Wald, und plötzlich kam es zu einer Fehlleitung. Das war aber nicht weiter schlimm, denn der falsche Weg führte in eine Sackgasse, die in einem Biergarten endete. Dort verbrachte Alfred dann mit vielen anderen Radfahrern den Großteil seiner Fahrradtour.

Das Radfahren macht aber auch in geschlossenen Orten einen Riesenspaß, obgleich es Radler dort nicht immer leicht haben, vor allem dann nicht, wenn sie auf den Gehwegen dahin düsen. Sie werden dabei am laufenden Band mit tückischen, unerwarteten Hindernissen konfrontiert, wie z.B. Mülltonnen, Baustellen oder gar Fußgängern, die sich völlig rücksichtslos auf dem Bürgersteig aufhalten und dabei vielleicht sogar noch die Richtung wechseln, ohne vorher zu blinken. Und es gibt sogar Passanten, die Hunde oder kleine Kinder mit sich führen, die größten Gefährdungen für Radfahrer überhaupt.

Karl Drais profitierte gleich doppelt von der Erfindung des Rades in der Mitte des 4. Jahrtausends v. Chr., als er 1817 das Fahrrad *avant la lettre,* die zweirädrige Draisine erfand. Man mag sich gar nicht vorstellen, welche Schwierigkeiten die Radfahrer heute zu überwältigen hätten, wenn das moderne Fahrrad keine Räder hätte. Dann müssten beispielsweise die Teilnehmer an der Tour de France ihre Fahrräder auf dem Buckel tragen, statt darauf zu sitzen.

Für das humoristische Gedicht erwies sich das Fahrrad von großem Nutzen, wie Heinz Erhardt dankbar hervorhob:

> „Meine besten Witze hab ich erzählt,
> das Publikum lächelte nur leicht gequält.
> Doch Heiterkeit ohne Maß und Ziel
> erregte ich, als ich vom Fahrrad fiel ...“

Robert Gernhardt wiederum schilderte überzeugend, dass das Fahrrad auch beim Vortragen von Gedichten eine wichtige Rolle spielen kann:

> „Es war eine Lesung in Kaiserslautern, in einem Souterrain. Man konnte auf die Straße schauen und dort die Beine der vorbeigehenden Leute sehen. Es war ein ziemlich großer Raum. Mitten in der Lesung sprangen zwei Leute auf und rasten raus. Ich fragte: „Was habe ich jetzt Falsches gesagt? Ich muss einen furchtbaren Fehler gemacht haben!“ Jemand sagte dann: „Das ist nicht Ihre Schuld, die beiden haben gerade gesehen, wie ihr Fahrrad geklaut worden ist.“

„Eine Frau ohne Mann ist wie ein Fisch ohne Fahrrad“, so ein Spruch der Frauenbewegung, der sich einer surrealistischen Nonsens-Assoziation bedient. Überhaupt scheint das Fahrrad zur übermütigen Kreativität einzuladen. 1913 nahm der

Maler und Objektkünstler Marcel Duchamp ein Fahrrad-Rad, stellte es auf den Kopf und montierte es auf einen Hocker. So entstand das erste ready-made Kunstobjekt, an dem der am Rad drehende Duchamp viel Freude hatte:

> „Das Rad zu drehen war sehr wohltuend, sehr beruhigend, eher eine Art Öffnung von Wegen zu anderen Dingen, als das materielle Leben jeden Tag. Mir gefiel die Idee, ein Fahrrad-Rad in meinem Atelier zu haben. Ich schaute gerne darauf, genauso wie ich es mag, die tanzenden Flammen in einem Kamin zu betrachten."

1943 schöpfte Picasso einen legendären Stierkopf, indem er einen Fahrradlenker über einem Sattel anbrachte:

> „Ich möchte, dass die Leute sagen: 'Schau, das war ein Fahrrad, und jetzt ist es ein Stier.' Ich möchte aber auch, dass sie sagen: 'Es kann wieder ein Fahrrad werden."

Panta rhei, alles ist im Fluss und unbeständig, also auch das Fahrrad.

Ganz anders als Duchamp und Picasso bedienten sich der Dramatiker George Bernard Shaw und der Philosoph Bertrand Russell des eisernen Rosses nicht zu künstlerisch-kreativen Zwecken, sondern sie setzten es in einer gemeinsamen, spontanen Blitzaktion kriegerisch-destruktiv ein. In seinen „Portraits from Memory" erinnerte sich Russell:

„Shaw und ich hatten einen Fahrradunfall, der seine Karriere vorzeitig hätte beenden können. Er war noch dabei fahren zu lernen und fuhr mit solcher Gewalt in meine Maschine, dass er durch die Luft geschleudert wurde und sechs Meter entfernt auf dem Rücken landete. Doch er rappelte sich vollkommen unverletzt auf und fuhr weiter, während mein Fahrrad verbogen war, sodass ich mit dem Zug heimfahren musste. Es handelte sich um einen Bummelzug, und bei jedem Halt kam Shaw auf den Bahsteig, steckte seinen Kopf ins Abteil herein und schimpfte."

Gut gemacht, Jungs! Stan und Olli hätten es nicht besser hinkriegen können.

Und, um nun auf die Malerei zu kommen: Ich sah kürzlich ein Unfall-Fahrrad, das durch die verbogenen Räder, die verkrümmten Pedalen und den arg deformierten Lenker an die metaphysischen Gemälde von Salvador Dali erinnerte.

Auch ich war bis vor zwei Wochen Radfahrer, ich hatte ein City-Bike, das man mir aber leider klaute. Es war ein uralter Drahtesel, doch er tat noch seine Dienste. Die Handbremse fehlte, und es gab weder Licht noch Klingel. Daher konnte ich es mir auch nicht leisten, den Diebstahl bei der Polizei anzuzeigen. Hätte ich es getan, hätte man mir womöglich ein saftiges Bußgeld aufgebrummt. Das investiere ich jetzt lieber, um mir ein neues Fahrrad zu kaufen.

Nun habe ich auch ein Auto, aber da ich es meist eilig habe, gehe ich einfach zu Fuß.

Über das Auto

Vor langer, langer Zeit, um 4000 v.Chr. hat *homo sapiens* das Rad ausgetüftelt. Das Rad ist eine der wichtigsten Erfindungen des Menschen, und er hatte über Jahrtausende hinweg große Freude daran, bis zu dem Tag, als er sich dahinter setzte. Danach fing eine lange Zeitperiode des Leidens an, die bis heute andauert. Ja, sie hat gegenwärtig sogar ihren Höhepunkt erreicht.

Wir merken es immer wieder, zum Beispiel dann, wenn wir uns auf der Suche nach einem freien Parkplatz begeben.

Doch wo es Probleme gibt, da gibt es gewiss auch Lösungen. Mein Freund Alfred, dem es in den letzten Jahren so gut wie nie gelungen war im Chaos der Großstadt einen freien

Parkplatz aufzutreiben, ließ sich da etwas ganz Raffiniertes einfallen: Er hat dieses Problem ein für allemal gelöst, indem er sich ein Auto, das bereits fertig geparkt war, kaufte.

Akuter Parkplatzmangel kann freilich auch durchaus Positives bewirken. Ein Firmeninhaber, dessen Angestellte in der Regel zu spät bei der Arbeit erschienen, hatte eine in dieser Hinsicht brillante Idee: Er reduzierte die Anzahl der Firmen-Parkplätze von 70 auf 50, wonach alle 70 Mitarbeiter plötzlich einer früher als der andere am Arbeitsplatz auftauchten. Als ein Angestellter dieser Firma dann eines Tages in Rente ging, hielt einer seiner Kollegen eine Abschiedsrede, in der es unter anderem hieß: „Nicht nur du, sondern auch wir dürfen uns jetzt auf einen neuen Lebensabschnitt freuen. Denn wir sehen es so: Wenn du jetzt gehst, werden wir keinen Kollegen verlieren, sondern viel mehr werden wir einen freien Parkplatz hinzugewinnen."

Aber das größte Problem, vor das uns das Auto stellt ist nicht das Parken, sondern das Fahren. Das Autofahren ist heute absolut lebensgefährlich geworden. Denn wie eine wissenschaftliche Untersuchung, die ich selber in den letzten zehn Jahren beim Autofahren durchgeführt habe, verdeutlicht, fahren 99, 99 Prozent der Autofahrer wie die gesengten Säue. Ich habe nun eine ganz einfache Faustregel entwickelt, die den Charakter der Autofahrer um mich herum definiert: Alle Autofahrer, die langsamer als ich fahren sind Trottel und Loser, und alle Autofahrer, die mich überholen sind Rambos.

Ich hingegen bin immer peinlichst auf Sicherheit bedacht, und so schaue ich zum Beispiel jedes Mal, wenn ich über die Kreuzung fahre, ganz aufmerksam nach links *und* nach rechts.

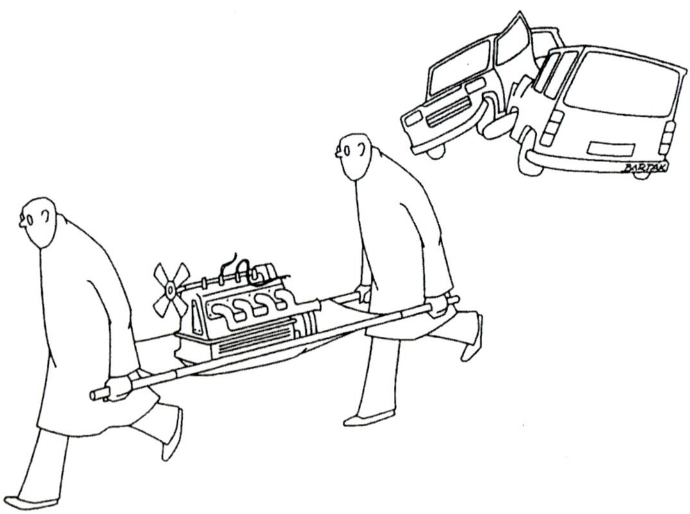
BARTAK

Und ich tue es sowohl wenn ich bei Grün, als auch wenn ich bei Rot über die Ampel fahre.

Und apropos Sicherheit! Ich habe diesbezüglich Folgendes festgestellt: Trotz aufwendiger Hightech-Ausstattung und Dingen wie ABS-Bremsen und moderner Airbags, am sichersten fährt sich ein Auto auch heute noch wie anno dazumal: Mit einem Rückspiegel, in dem ein Verkehrspolizist zu sehen ist.

Fazit: Das Autofahren ist heutzutage leider mit ziemlich viel Ärger verbunden, doch es hat durchaus auch seine schönen Seiten. So ist zum Beispiel das Dösen am Lenkrad eins der bewährtesten Mittel gegen das lästige Altern. Und das ist nicht zu verachten in einer Zeit, in der die Rente derart unsicher ist.

Über den Wald

Was ist schöner und romantischer als einen Waldspaziergang zu machen, dem Vogelgezwitscher zuzuhören und die vielfältigen, betörenden Düfte einzuatmen! Jeder Wald riecht anders, wie ich wiederholt feststellte, und da habe ich so meine Präferenzen: Im Sommer fahre ich zum Beispiel immer wieder in den Schwarzwald, weil es dort nach meinem Lieblings-Aftershave duftet, und als ich letztes Jahr Australien besuchte, entdeckte ich dort traumhafte Wälder, die nach Hustenbonbons mit Eukalyptus rochen.

Der Deutsche Wald wurde bereits seit Anfang des 19. Jh. als Sehnsuchtslandschaft gepriesen, und nicht lediglich große Dichter wie Goethe, Eichendorff, Heine wurden nicht müde ihn zu besingen, sondern auch so mancher Spaziergänger wie du und ich brauchte sich bloß auf einen märchenhaften Waldpfad zu begeben, und schon wurde er spontan zum Dichter, wie Wilhelm Busch zu berichten wusste:

„Ein hübsches Pärchen ging einmal
Tief in des Waldes Gründe.
Sie pflückte Beeren ohne Zahl,
Er schnitt was in die Rinde.

Der pflichtgetreue Förster sieht's.
Was sind das für Geschichten?
Er zieht sein Buch, er nimmt Notiz
Und wird den Fall berichten."

Tja, wer sich wie die Axt im Walde benimmt, der muss mit dem Förster rechnen.

Doch ist der Wald nicht nur im Sommer, zu Zeiten der Beeren und Blumen empfehlenswert, sondern auch zu den anderen Jahreszeiten, so im Winter. Es sei denn, die prächtigen Baumäste drohen unter der prächtigen Schneelast zu brechen und einem den Garaus zu machen. Aber damit muss man sich abfinden, denn ohne Äste sähen die Bäume alt aus, was auch Heinz Erhardt anhand der deduktiven Methode feststellte:

„Der Baum hat Äste, das ist das Beste!
Denn wär er kahl, dann wär`s nur ein Pfahl!"

„Den Musen gefällt der Wald, verhasst sind dem Dichter die

Städte“, wusste Francesco Petrarca bereits im Mittelalter. In der Moderne hat diese Vorliebe sich bei vielen Poeten zugunsten des urbanen Lifestyles verlagert, so war Robert Gernhardt der Deutsche Wald nicht grün und er kehrte ihm entschlossen den Rücken:

„Zurück aus dem Wald
wo Blätter verkrümmern
Kronen sich lichten
Äste verdorren
Rinde aufplatzen
Stämme hinstürzen

Zurück in der Stadt
wo strahlende Wände
den Himmel verstellen
und ihn verdoppeln (...)
Wer möchte leben
ohne den Trost der Hochhäuser!“

Nicht lediglich Gernhardt frönte dem Wald-Eskapismus, sondern auch Heinz Erhardt fand unter diesen aussichtslosen Umständen nicht im Deutschen Wald, sondern im entfernten Urwald Freude und Entspannung:

„Ich geh im Urwald für mich hin ...
Wie schön, daß ich im Urwald bin:
Man kann hier noch so lange wandern,
ein Urbaum steht neben dem andern.

Und an den Bäumen, Blatt für Blatt,
hängt Urlaub.
Schön, daß man ihn hat!“

Apropos Urwald: Vor einer Million Jahren stand überall in Mitteleuropa ein gigantischer Urwald, aber es wurde ihm in der Eiszeit so bitterkalt, dass er in die Tropen flüchtete. Doch bis heute ist uns so manches von ihm erhalten geblieben, z.B. der Zebrastreifen oder der Affenzahn, den bei dessen Überfahren viele drauf haben.

Aber Spaß beiseite: Man hat den Urwald jahrzehntelang profitgierig abgeholzt und geschunden, doch in letzter Zeit ist bei den Verantwortlichen allmählich ein neues Umweltbewusstsein entstanden, und so rodet man beispielsweise seit einigen Jahren die Regenwälder nur noch mit Kettensägen, die mit bleifreiem Benzin funktionieren.

Vor einigen Jahren warb Günter Jauch für den Kauf einer gewissen Biersorte, er tat es aus edlen Gründen: Pro Bierkasten wurde ein Quadratmeter Regenwald der Tropen geschützt. Seit damals sind knapp zehn Jahre vergangen, und so mancher hat sich in dieser Zeit derart hemmungslos für den Regenwald eingesetzt, dass er zum Schluckspecht wurde.

Aber zurück zum deutschen Wald: Eine besondere Form des hiesigen Waldes ist der Schilderwald, man findet ihn hauptsächlich in der Stadt, aber auch auf dem Lande oder auf der Autobahn. Er wird nicht vom Forstamt geschützt und gepflegt, sondern vom Verkehrsamt, das tagtäglich dafür sorgt, dass er immer schöner und dichter wird. Auf seinen Schildern treibt der Nonsens herrliche Blüten, aber wenn man das Auto an-

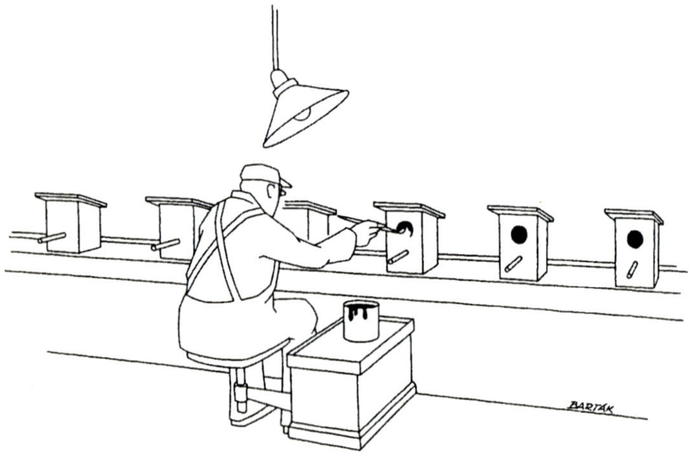
BARTÁK

hält und sich in die Lektüre vertieft, findet man darunter auch Sinnvolles, wie z.B. das Schild, das ich gestern sah: „Bitte nicht gegen die Bäume fahren!“

Im richtigen Wald lassen sich die Bäume nur sehr schwer voneinander unterscheiden, denn sie gleichen sich nicht nur wie ein dioxinbelastetes Ei dem anderen, bisweilen sind sie sogar miteinander identisch. Jawohl, identisch! Falls Sie also im Wald spazieren und zwei, dreimal auf denselben Baum stoßen, ist das völlig normal. Sie brauchen sich deswegen weder zu wundern, noch Sorgen zu machen. Sie haben sich bloß wie Hänschen und Gretel restlos verlaufen.

Über Studenten und Universitäten

Universitäten sind wissenschaftliche Institutionen, die systematisch Bildung auf höchstem Anspruchsniveau vermitteln, und die Studenten, die dort studieren, erreichen eine Abschlussqualifikation oder leider auch nicht, weil sie die Vorlesungen und Seminare nie besuchen und das Studium wegen Überlastung abbrechen. Es gibt aber auch Studenten, die so gerne an der Universität sind, dass sie ewig studieren. Sie werden daher im Volksmund *ewige Studenten* genannt. Die älteste Universität Europas wurde 1088 in Bologna gegründet, und so wären heute die ewigen Studenten von damals schon fast tausend Jahre alt und immer noch an der Uni immatrikuliert, wenn sie noch leben würden.

Doch wieso überschreiten so viele in Deutschland die Regelstudienzeit? Es gibt dafür viele Gründe, u.a. überfüllte Seminare, Überschneiden von Pflichtveranstaltungen, Ausübung eines Nebenjobs zur Selbstfinanzierung, und eine nie erwähnte, aber sehr ernstzunehmende Ursache dafür könnte darin liegen, dass viele Studenten im Sommersemester die Uni gar nicht besuchen, zumal es am 1. April beginnt und sie es daher für einen Aprilscherz halten.

Die Universität bezeichnet man auch als *alma mater*, was im Lateinischen „nährende Mutter“ bedeutet. Metaphorisch ist damit gemeint, dass die Studenten dort mit Wissen und Bildung ernährt werden. Eine zusätzliche Ernährungsquelle an der Universität ist das Mensa-Essen, und wer es ausprobiert hat, weiß: Die Speisen, die in der Mensa aufgetischt werden, sind äußerst gesund. Sie machen überhaupt nicht dick, weil man gerne darauf verzichtet.

Höhere Bildung ermöglicht bekanntlich sozialen Aufstieg, verschafft hohes Ansehen und schließlich Reichtum. Mein Nachbar Alfred ist beispielsweise vor dem Universitätsabschluss immer nur mit dem Fahrrad gefahren, weil er sich den Luxus ein Auto zu besitzen partout nicht leisten konnte. Nun hat er einen Bachelorstudiengang in Sozialarbeit absolviert und fährt trotz der exorbitanten Spritpreise plötzlich einen Mercedes der E-Klasse, und zwar als Taxifahrer, also bekommt er sogar noch Geld für dieses Vergnügen.

Verschiedene Forschungsinstitute fanden heraus, dass Deutschland ganz dringend wesentlich mehr Akademiker braucht, um auch künftig beim globalen Wettbewerb mithalten zu können. In diesem Zusammenhang bin ich besonders stolz sagen zu dürfen, dass ich als zukunftsorientierter Mensch bereits im 22. Semester Philosophie studiere. Im Laufe meines Studiums bin ich bisher einigen zentralen philosophischen Fragen nachgegangen, die eine entscheidende Rolle für mein Dasein spielen: Woher komme ich? Wohin gehe ich? Und wieso studiere ich eigentlich Philosophie und nicht Mathe oder Chemie, zumal mich diese Fächer genau so wenig interessieren? Ich kam jedoch leider zu keinem Ergebnis, aber was soll's!

Bei der letzten Prüfung forderte mich der Professor auf, die Begriffe Ignoranz und Gleichgültigkeit zu definieren, und ich antwortete: „Keine Ahnung und es ist mir egal!" Da bekam ich sofort eine Eins. Wenn es auch weiterhin so gut läuft, mache ich bald die Abschlussprüfung, und dann wird sich in meinem Leben einiges ändern: Ich wohne immer noch bei meinen Eltern, und so kann das natürlich nicht weitergehen! Es ist langsam an der Zeit, dass meine Eltern sich nach einer anderen Wohnung umsehen, denn irgendwann müssen sie sich ja schließlich von mir abnabeln, oder?

Über die Kunst des Übersetzens

Literatur zu übersetzen erfordert nicht allein hervorragende Sprachkenntnisse und literarisches Fingerspitzengefühl, sondern auch knallharte, langfristige Plackerei. So bleibt dem Literaturübersetzer also gar nichts anderes übrig, als einen Großteil seines Lebens von der Welt abgeschnitten in seinem Arbeitszimmer zu verharren, so wie sein Schutzpatron, der Heilige Hieronymus, der viele lange Jahre als Einsiedler in der Wüste verbrachte. Und wie der polyglotte Heilige übt sich der Übersetzer nicht nur im Sprachjonglieren, sondern auch in Enthaltsamkeit und hartnäckigem Verzicht, denn bei dem hauchdünnen Honorar, das ihm für seine Arbeit zuteil wird, ist dauerhafte Askese vorprogrammiert. Und so wie sein Beschützer hat sich der Übersetzer vom weltlichen Ruhm abgewendet, wie sonst könnte er auch ertragen, dass sein Name bei den Buchbesprechungen so gut wie nie erwähnt wird.

Immer wieder werden erfahrene, hochkarätige Literaturübersetzer von Studenten-Teams oder teilweise gar Übersetzermaschinen abgelöst, und das fast zum Nulltarif, denn wir leben in einer harten Zeit, und irgendwo müssen die Verlage ja auch mit dem Sparen anfangen, zum Beispiel bei der Textqualität. Aber das ist halb so wild, oder wie die Übersetzermaschine es ausdrücken würde: *that is half so wild*! Denn das merkt ja sowieso keiner, es sei denn, das so übersetzte Buch wird eines Tages plötzlich gelesen.

Traduttore, traditore, heißt ein italienisches Sprichwort, das den Übersetzer mit einem Textverräter gleichsetzt. Aber ist der Übersetzer tatsächlich ein Verräter des Originaltextes? Dazu der Schriftsteller Thomas Bernhard:

> „Es ist ja ganz lustig, wenn man sich übersetzte Bücher ansieht, aber es hat ja mit dem, was man schreibt, nichts zu tun, weil das ist ja dann das Buch von dem, der es übersetzt hat. Der geht ja seinen eigenen Weg, und der setzt sich immer durch. Ein übersetztes Buch ist wie eine Leiche, die von einem Auto bis zur Unkenntlichkeit verstümmelt worden ist. Können S' dann die Trümmer zusammensuchen, aber es nützt nicht mehr."

Nun ist Bernhard für seine unbändige Übertreibungslust und sarkastische Ironie wohl bekannt, also kann man mit Sicherheit davon ausgehen, dass er diese Aussage auch so meinte, aber nur dann, wenn man sie ins Gegenteil umkehrt. Und man weiß übrigens, dass Bernhard, Kant und Schopenhauer in englischer, bzw. italienischer Übersetzung sogar noch mehr als im deutschen Original schätzten, weil sie ihm eleganter schienen, und befreit von unnötigem Sprachbalast. Aber kann denn eine Übersetzung tatsächlich den Ausgangstext übertreffen oder es wenigstens damit aufnehmen? Mit dieser Frage setzte sich unter anderen auch Goethe auseinander, und was dabei herauskam, war gewiss keine gute Nachricht für die Übersetzer:

> „Übersetzer sind als geschäftige Kuppler anzusehen, die uns eine verschleierte Schöne als höchst liebenswürdig anpreisen: Sie erregen eine unwiderstehliche Neigung nach dem Original.“

Dieses pessimistische, aussichtslose Urteil über Übersetzer hinderte Goethe jedoch überhaupt nicht daran, sich selbst immer wieder als Übersetzer zu betätigen. Und nachdem er den Dialog-Roman *Le neveu de Rameau* von Diderot aus dem Französischen übertragen hatte, bemerkte einer seiner Zeitgenossen Folgendes:

> „Verschiedene Deutsche glauben, dass jenes Original von Rameaus Neffe nie existiert habe, und dass alles Goethes eigene Erfindung sei. Goethe aber versichert, dass es ihm unmöglich sein würde, Diderot's geistreiche Darstellung und Schreibart nachzuahmen, und dass der deutsche Rameau nichts weiter sei als seine Übersetzung.“

Apropos Französisch, es gibt in dieser Sprache eine interessante Maxime: *Les grands esprits se rencontrent*: Die großen Geister sind sich einig, auch was die Kunst des Übersetzens betrifft. Als er die Bibel im 16. Jahrhundert übersetzte, schaute Luther dabei dem Volke aufs Maul, was bis heute für hohen Lesegenuss sorgt. Er war der Meinung:

> „Wirklich übersetzen heißt: Etwas, das in einer anderen Sprache gesprochen wird, seiner Sprache anzupassen."

Hundert Jahre später schlug der Aufklärer Voltaire in die gleiche Kerbe:

> „Diejenigen, die jedes Wort übersetzen, sind eine Schande und eine schwere Belästigung für den gesunden Menschenverstand. In dieser Hinsicht kann man behaupten, dass Wörter töten, Kreativität hingegen zum Leben erweckt."

Diesen Abschnitt aus den *Lettres philosophiques* habe übrigens *ich* übersetzt, aber natürlich nicht wörtlich. Denn auch ich bin Literaturübersetzer, ich habe kürzlich einen Roman aus dem Französischen ins Deutsche übertragen. Bei meiner Arbeit ging es mir vor allem darum, einen flüssigen, lebendigen Text zu schaffen, der so klingt, als ob er *direkt* auf Deutsch geschrieben worden wäre. Natürlich gab es in der Originalfassung jede Menge Wörter und idiomatische Redewendungen, die

BARTÁK

sich nicht ohne weiteres übertragen ließen, ich musste mir also immerzu etwas Besonderes einfallen lassen, semantische Konnotationen, die an einer Textstelle verloren gingen, holte ich an einer anderen Stelle wieder zurück. Ich setzte mich akribisch mit jeder Nuance des Ursprungstextes auseinander, und dort, wo der Autor mir zu ausführlich oder gar geschwätzig daherkam, strich ich schon mal ein, zwei Worte, und manchmal auch ganze Sätze oder gar Seiten. Aber an den Stellen, wo hingegen unangebrachte Wortknappheit herrschte und Erklärungsbedarf sich aufdrängte, fügte ich auskunftsbereit mal hier ein, zwei Abschnitte hinzu, mal da, wenn es sein musste, ein ganzes Kapitel. Dabei achtete ich freilich peinlichst genau darauf, dass Streichungen und Hinzufügungen sich die Waage hielten und der ursprüngliche Umfang des Romans sich nicht änderte, denn schließlich soll man ja als Übersetzer dem Original die Treue halten.

Auch stilistisch änderte ich überhaupt nichts an der Originalvorlage, bis auf die holprigen Beschreibungen und die schwermütigen Passagen, die den Großteil des Buches ausmachten, und die ich diskret, aber gekonnt durch leichtfüßige Dialoge und witzige Kommentare ersetzte. Nichts gegen den Autor, aber er hat es nicht so mit den Dialogen, und Humor ist gewiss nicht seine Stärke.

Unter dem Strich bin ich mit meiner Arbeit hochzufrieden, ich kann ohne Wenn und Aber behaupten, dass mir eine vorzügliche Übersetzung gelungen ist. Schade nur, dass das Original so stark davon abweicht. Doch ich möchte dem Autor nun daraus gewiss keinen Strick drehen, das Buch hat mir vorzüglich gefallen. Ich bin unglaublich gespannt auf seinen nächsten Roman und freue mich schon jetzt, auch diesen zu übersetzen.

Über den alltäglichen Wahnsinn

Der Allround-Experte

Meine Frau versteht sich als absolute Haushaltsexpertin. Sie meint wohl allen Ernstes, sie wüsste immer haargenau, wer was in unserem Haushalt zu erledigen hätte. Das finde ich total lächerlich. „Wer bringt denn heute den Müll runter?“, fragte sie zum Beispiel gestern, als sie in der Küche beschäftigt war. Diese Frage war jedoch rein rhetorisch, denn sie meinte natürlich mich und keinen anderen. Was ich aber so nicht hinnehmen konnte. Also verwies ich auf unsere Tochter. Sie ist für solche Tätigkeiten durchaus geeignet, zumal sie fit wie ein Turnschuh ist. Sie kann ruck, zuck jedes Ziel aus der Umgebung erreichen, also auch die Mülltonne. Das kann ich mit absoluter Sicherheit sagen, denn ich bin Joggingexperte.

Allein im letzten Jahr habe ich beispielsweise dreimal ernsthaft damit angefangen.

Meine Tochter wiederum versteht sich als erfahrene Rechenexpertin, und das zu Recht, denn sie hat das letzte Schuljahr zweifach wiederholt, und dies nur wegen Mathe. Und so rechnete sie mir mit den Fingern vor, dass sie in der letzten Woche sechsmal und ich insgesamt nullmal zur Beseitigung des Mülls beigetragen hätte. Daraufhin folgte eine heiße Expertendebatte zwischen meiner Tochter und mir, die sich über mehrere Minuten erstreckte, und es ist ja bekanntlich so: Wenn zwei Experten ernsthaft und lange genug miteinander diskutieren, kommt immer Hocherfreuliches dabei heraus. Das heißt, meine Frau packte in diesem Fall plötzlich selbst die Mülltüte und brachte sie entnervt zum Container.

Apropos entnervt: Meine Frau regt sich in solchen Situationen viel zu schnell auf. Ich habe sie immer wieder dabei beobachtet, und so habe ich mich langsam aber sicher auch zum praxiserfahrenen Verhaltensexperten entwickelt. Als Autodidakt! Doch meine Tipps werden hartnäckig ignoriert. Es wäre für mich viel einfacher, ich würde die Wände beraten.

Außerdem habe ich mich als Autodidakt auch zum Logistikexperten hochgearbeitet. Als solcher stelle ich immer wieder fest, dass meine Frau beim Hin- und Herlaufen zwischen Herd und Kühlschrank, wie auch zwischen Küche und Esszimmer, viel zu häufig nur einen *einzigen* Topf oder Teller transportiert. Dadurch vergeudet sie eine Menge Zeit, aber auch in dieser Hinsicht sind meine Expertentipps für die Katz. Genauso chaotisch verhält sich meine Frau auch beim Einkaufen. Mal trägt sie zwei Einkaufstüten in der linken und vier in der rechten Hand, und mal umgekehrt, anstatt sie gleichmäßig links und rechts anzuordnen.

Um dies alles als Symmetrie-Experte nicht mehr mit ansehen zu müssen, laufe ich seit einigen Tagen nach dem Einkaufen nicht mehr neben ihr, sondern nur noch vor ihr her. Dabei ärgere ich mich jedes Mal schwarz, obwohl ich als Lebensexperte ganz genau weiß: Was man nicht ändern kann, sollte man gelassen hinnehmen. Aber ich mache das nicht mehr lange mit! Wenn meine Frau so weitermacht, muss sie künftig ganz ohne mich als Allround-Experte klar kommen!

Meine Familie und der PC

Ich habe einen PC und meine Tochter hat auch einen PC, mit dem sie jedoch leider nicht auskommt und so greift sie immer wieder auch noch auf meinen zurück. Denn in ihrem Zimmer wird fast rund nur rund um die Uhr gedownloadet und Soft- und Hardware installiert und deinstalliert, dass die Bytes nur so fliegen. Ich kapiere nur wenig von solch komplizierten, technischen Dingen, aber eins steht fest: Ich möchte meinen Computer nur für mich haben und daher habe ich gestern kurzerhand beschlossen, ihn für meine Tochter zu sperren. Das Problem dabei ist nur, dass ich nicht weiß, wie das geht und dafür ihre Hilfe benötigte.

Doch nicht bloß meine Tochter hat ihren eigenen PC, son-

B.

dern auch meine Frau, und am Wochenende sind wir alle drei online und chatten miteinander. Und das ist auch gut so, zumal wir für Offline-Gespräche überhaupt keine Zeit haben. Gerade heute, in dieser menschenfeindlichen High-Tech-Zeit ist es wichtig, dass die Kommunikation in der Familie nicht abreißt.

Nun mache ich eine harte Zeit durch: Letzte Woche hat mich meine Frau mit Cyntia Cyber, meiner virtuellen Freundin, die ich mir im Netz heruntergeladen habe, wieder mal beim Flirten erwischt. Sie war stocksauer und forderte mich dazu auf, mit dieser Beziehung ein für allemal Schluss zu machen. Um den Familienfrieden zu bewahren, habe ich Cyntia gelöscht. Aber nicht ganz. Sie liegt im virtuellen Papierkorb, und morgen stelle ich sie wieder her und vielleicht machen wir dann einen virtuellen Karibik-Urlaub zusammen. Aber das bleibt bitte unter uns!

Was ich meinem PC verübele: Er achtet überhaupt nicht auf Zwischentöne und sagt immer nur ja oder nein, aber nie vielleicht oder wahrscheinlich. Außerdem ist er andauernd dabei, mir absurde Befehle zu erteilen, ohne meine Anweisungen zu beachten. Das macht mich total wahnsinnig! Mein Freund Alfred sagte diesbezüglich zu mir: „Dein PC ist dein wahrer Lebenspartner, also musst du dich mit ihm arrangieren! Ich habe mit meinem PC einen Kompromiss geschlossen: Ich mache immer das, was er von mir verlangt, dafür macht er nie das, was ich von ihm möchte.“ Tja, wie sagte nur Robert Musil: „Fortschritt wäre wunderbar- wenn er einmal aufhören würde.“

Hier ein kleiner Tipp, wie Sie sich demnächst verhalten

sollen, wenn ihr Computer wieder mal verrückt spielt: Nicht die Nerven verlieren! Hinunterknien, unter den Arbeitstisch kriechen und einfach den Stecker raus ziehen! Dann gehen Sie zurück zu ihrem Computer und versuchen Sie es alternativerweise ganz ohne Strom mit Window. Window heißt auf Englisch Fenster, das ist diese kleine Öffnung in der Wand, durch die Sie ihren Computer rauswerfen sollten. Diesen wertvollen Tipp habe ich übrigens meinem PC zu verdanken, ich fand ihn beim Surfen im Internet.

E-Mails nach dem Urlaub

Vater unser, Herzensguter!
Hast du auch einen Computer?
Du bist groß, ich bin ein Schatten,
hättest du mal Zeit zum Chatten?
Gott, zum Heile meiner Seel',
gib mir 'n Zeichen! Schick 'ne Mail!

Mein Büro befindet sich in der City. Ich möchte jetzt gewiss nicht klagen, aber die Arbeit, die ich dort zu verrichten habe, wird mir langsam zu viel. Und sie ist Stress pur! Im Klartext: Ich muss am laufenden Band dringende E-Mails bearbeiten.

Ungefähr alle 30 Sekunden ertönt ein Gong an meinem PC: E-Mail eingetroffen! Da muss ich ran!

Eigentlich übe ich eine Multitasking-Tätigkeit aus, das heißt ich erledige simultan mehrere Aufgaben. Also, ich bearbeite einerseits die eingegangen E-Mails und gleichzeitig muss ich darauf achten, dass der Chef nicht plötzlich hinter mir steht. Er ist äußerst misstrauisch und kann sehr unangenehm werden.

Am schlimmsten sind E-Mails mit dickem Anhang, beispielsweise lang andauernde Radioversprecher aus Bayern oder Werbeclips für japanische Autos oder amerikanisches Bier, die mir hauptsächlich Freunde aus München, Tokio oder New York zuschicken. Sie haben Überlänge, und bis man sie alle durch hat, ist der Arbeitstag schon vorbei. Man geht kaputt nach Hause und weiß gar nicht, wo die ganze Zeit geblieben ist.

Am letzten Montag war mein erster Arbeitstag nach dem Urlaub. Der absolute Horror! Ich habe ich sage und schreibe Mails in meinem Postfach vorgefunden, dabei eine ganze Menge Fotomontagen mit Musik von Urlaubsbekanntschaften, die ich Anfang August auf Teneriffa machte. Es gab auch viele Mails von wildfremden, heißblütigen Frauen, die mich unbedingt treffen wollten. Mal sehen ...

Wie kamen die auf mich? Wahrscheinlich haben sie mich am Strand bewundert und danach meine E-Mail-Adresse über die Hotelrezeption herausgekriegt. Oder über die Telekom oder meine Krankenkasse. Bei funktionierendem Datenschutz würde ich kommunikativ völlig verarmen.

Jaja, supergeile Weiber sind das! Wer kann da schon nein

sagen! Da steht mir ja noch eine Menge Action bevor, bis ich sie alle abgearbeitet habe. Aber da bin ich voll zuversichtlich, denn zum Glück bekam ich per E-Mail 43 Angebote mit – Sie wissen schon – diese blauen Wunderpillen, die aus einem halbtoten Mann einen wilden Hengst machen. Für den Anfang habe ich mir gleich fünf Kombipackungen bestellt. Kosten fast gar nichts, man bekommt sogar noch drei Gratispackungen dazu. Die Nachfrage natürlich enorm, weshalb man mir bis jetzt noch gar nichts geschickt hat. Die Firma ist wohl völlig überlastet.

Aber auch ein bisschen doof. Ich habe ihr wie gewünscht mein Onlinebanking-Passwort zugemailt, damit sie die 38, 50 Euro von meinem Konto abbuchen können. Versehentlich haben sie 3850 Euro abgebucht. Von Dezimalzahlen haben die wohl null Komma null Ahnung! Von mir kriegen die eine glatte Sechs in Mathe! Wenn ich nur wüsste, wo diese Schwachköpfe stecken, denn ihre Adresse haben sie auch falsch aufgeschrieben.

Von Helmut aus Bochum bekam ich eine Anhangsdatei mit 300 Witzen. Einer flacher als der andere. Als Dankeschön dafür schickte ich Helmut die Datei mit dem Killervirus, den ich für schwere Belästigungsfälle parat habe. Ein Mindestmaß an Stil sollte man schon bewahren!

Aber ansonsten sind meine E-Mail-Partner völlig okay, sie lassen mir nur hochinteressante Dinge zukommen. Und ich weiß mich zu revanchieren und antworte gewissenhaft auf jede einzelne Mail, sogar auf Spam. Daher mache ich oft Überstunden, aber was soll's! Arbeit ist Arbeit – und sie will mit vollem Engagement bewältigt sein.

Irgendwann ist dann aber zum Glück Feierabend, und ich schalte den PC aus und gehe nach Hause. Oder ich besuche ein paar Freunde bei Facebook. Ich habe dort 3979 Freunde, und täglich kommen mindestens 20 bis 30 dazu. Dafür gibt es einen hochgehaltenen Daumen, gefällt mir. Wer keine Freunde hat, der lebt nur zur Hälfte. Manchmal gehe ich ins Café mit dem Notebook. Sehen und gesehen werden, man ist ja Teil der Gesellschaft. Ich bin leidenschaftlicher Blogger und trage in mein Weblog so ungefähr alles ein, was ich im Alltag aufregend finde. Der letzte Eintrag stammt von gestern Abend: „Sitze mit Laptop im Café und mache Blogeintragungen."

Und natürlich brauche ich auch eine Zeit, in der ich nur für mich bin.

Am Sonntag bin ich daher immer Offline, dann schalte ich den PC und den Laptop aus und bin für keinen mehr erreichbar, es sei denn mein Handy zwitschert oder mein iPhone bellt, weil jemand mir plötzlich etwas ganz Besonderes mitteilen möchte. Beispielsweise simste mir mein Freund Alfred gestern Folgendes: „Sitze gerade im Bus." Na, wenn das nichts Besonderes war!

Mann und Frau sind identisch

Als ich neulich in der Zeitung las, dass eine Wissenschaftlerin von der University of California, nach langjähriger Forschungsarbeit herausfand, dass Mann und Frau verschieden sind, fiel mir fast die Kaffeetasse aus der Hand vor lauter Staunen.

Darauf wäre ich nie gekommen! Denn zwischen meiner Frau und mir gibt es überhaupt keine Unterschiede, ich bin jetzt schon seit über 20 Jahren verheiratet und da hätte ich es ja wohl gemerkt. Um etwas konkreter zu werden, möchte ich hier zwei einleuchtende Beispiele aufführen: Nicht nur dass wir beide *gleich* intelligent sind, darüber hinaus ist meine Frau sogar noch viel intelligenter als ich, zumal sie ja immer alles besser weiß. Daher nimmt sie sich auch immer die Zeit, mich auf lebenswichtige Dinge hinzuweisen, zum Beispiel, sagt sie mir immer, wenn sie im Auto neben mir sitzt und ich auf eine rote Ampel zufahre, dass ich nun bremsen müsse, worauf ich ohne sie natürlich nie kommen würde. Auch gibt sie mir oft gute Tipps, wie ich mich ganz allgemein zu verhalten hätte. „Herr Meier küsst jeden Morgen seine Frau, wenn er das Haus verlässt! Ich wünsche, du würdest es auch tun!“, meinte sie beispielsweise gestern. „Aber ich kenne diese Frau doch gar nicht!“, räumte ich darauf ein.

Auch in Punkto Leistungsfähigkeit unterscheiden meine Frau und ich uns überhaupt nicht voneinander. Wir sind beide berufstätig und die Haushaltsarbeit wird daher bei uns fifty-fifty aufgeteilt, obwohl meine Frau gestern meinte, es würde ihr langsam reichen, alle Alltagsaufgaben im Alleingang erledigen zu müssen. Eine mir gegenüber völlig ungerechte Behauptung! Sie hat mich dadurch derart verletzt, dass ich sie schon allein deswegen ganz ohne zu zögern verlassen hätte, wenn ich nur gewusst hätte, wie man die Koffer packt.

Doch war dieser kleine Konflikt eine absolute Ausnahme in unserem ansonsten völlig harmonischen Eheleben, das einzig und allein darauf basiert, dass wir immer das Gleiche wollen, weil wir praktisch total identisch sind. Dank dessen haben wir de facto noch nie ernsthaft miteinander gestritten, wenn man die Zeit vor der Eheschließung und die danach beiseite lässt.

Ich möchte jetzt nicht allzu sentimental werden, doch eins muss ich zum Schluss noch loswerden: Ohne meine mir ebenbürtige Frau könnte ich gar nicht leben, denn man kann ja

nicht alles, was falsch läuft, auf die Regierung schieben. Ich bin froh, dass es sie gibt, und möchte diesen Text hier zum Anlass nehmen, ihr ganz herzlich zu ihrem Dasein zu gratulieren!

Ich und mein Hund

Es wird immer wieder behauptet, der Mensch gehe mit dem Hund Gassi. Aber genau das Gegenteil ist der Fall: Der Hund geht mit dem Menschen Gassi oder genauer gesagt, der Mensch denkt und der Hund lenkt.

Ich weiß haargenau, wovon ich hier rede, denn obwohl ich ein notorischer Stubenhocker bin, schafft es mein Hund mich drei-, viermal pro Tag auszuführen. Wir erkunden sodann gemeinsam verschiedene Straßen aus der Umgebung, und dabei bestimmt immer nur er, wo es langgeht. Ganz nach dem Stop-and-Go-Fortbewegungsprinzip werden von meinem Hund immer wieder kurze überraschende Pausen im Laufe unseres Spaziergangs eingelegt – meist an diversen

Straßenleuchten und Litfasssäulen, denn die Bäume in unserer Gegend wurden fast alle abgesägt.

Nach einer gewissen Zeit finde ich in der Regel sogar Gefallen an diesem Umherirren, denn ich kann dabei gut abschalten, meine Gedanken ordnen, und sogar einigen interessanten, wenn doch hochkomplizierten Fragen nachgehen, wie zum Beispiel: Wird der nächste Hund, den wir treffen, beschnuppert oder wild angebellt? Und warum verrichten die Hunde ihre Notdurft immer auf der Straße, obwohl es gesetzlich verboten ist?

Auch lerne ich bei diesen anregenden Exkursionen immer wieder äußerst charmante Leute kennen, denen ich kontaktfreudig und ganz spontan nachrufe: „Nicht weglaufen, er will ja nur spielen!" Und das stimmt ja auch, mein Vierbeiner ist völlig harmlos und total lieb, es sei denn man reizt ihn plötzlich durch eine kleine Bewegung oder ein falsches Wort. Denn obwohl er ein dickes Fell hat, ist er sehr dünnhäutig und sensibel.

Wie sagte nur einmal ein großer Philosoph und Hundefreund: „Umso mehr ich die Menschen kennen lerne, desto mehr liebe ich meinen Hund." Das kann ich gut nachvollziehen. Nur Hunde sind bedingungslos treu und sie blicken immer zu einem auf, egal ob man aufrecht steht oder mehrere Jahre sitzen musste.

Es gibt Hundepsychologen, die behaupten, für den Hund sei sein Besitzer Gott. Wenn das tatsächlich stimmen sollte, dann ist mein Hund ein ziemlicher Atheist, zumal er mich meistens völlig ignoriert. Wenn ich möchte, dass er meinen Anweisungen Folge leistet, dann hilft bloß eins: Statt seines Na-

BARTÁK

mens (Rex!), muss ich immer ein paar Mal ganz laut „Runter vom Sofa!“ rufen. Doch manchmal hilft auch das nicht. Im Grunde ist mein Hund eine Katastrophe. Er verdreckt das Sofa, nagt an den Möbeln, zerfetzt Schuhe, und ich habe schon überlegt, ob ich ihn nicht vielleicht meiner Tochter schenken soll, denn sie wohnt in einem weit entfernten Viertel. Aber dann habe ich ihn doch behalten, und zwar aus einem sentimentalen Grund: Meine Frau hasst ihn.

Unter dem Strich: Mein Hund ist aus meinem Leben nicht mehr wegzudenken. Und was die Zukunft betrifft, habe ich irgendwo gelesen, dass sehr bald alle Flugzeuge von einem Flugkapitän und einem Hund gemeinsam geflogen würden. Der Hund würde die Aufgabe haben aufzupassen, dass der Kapitän keine Knöpfe während des Fluges berührt. Mensch, Hund! Da kommt ja einiges auf dich zu!

Mein Nachbar

Mein Nachbar macht
mir sehr viel Freude,
denn er zieht um,
und zwar noch heute.
Die Story hat ein Defizit,
denn meine Frau zieht mit ihm mit.

Die Nähmaschine

Eigentlich wollte ich mir nur ein Päckchen Zigaretten kaufen, aber der Kiosk nebenan hatte wegen Krankheit geschlossen, und so musste ich mich ins danebenliegende Kaufhaus begeben.

Grundsätzlich hüte ich mich davor, große Kaufflächen zu betreten, zumal das immer mit viel Zeitaufwand verbunden ist, aber da ich jetzt sowieso schon im Kaufhaus drin war, sah ich mir in aller Ruhe das eine oder das andere Warenregal an. Vor allem eine elektrische Nähmaschine im Supersonderangebot erregte meine Aufmerksamkeit.

Sie hatte drei Jahre Garantie, gehörte zum Allerfeinsten auf diesem Gebiet, wie man mir versicherte und für den Preis, der an ihrem Deckel haftete, war sie praktisch nachgeschmissen.

Der Verkäufer belegte mir das alles mit einem anschaulichen Katalog, wodurch ich einen raschen Überblick auf diesem für mich bisher unbekannten Gebiet der elektrischen Nähmaschinen gewann.

Es wäre einfach töricht, die Gelegenheit nicht beim Schopfe zu packen, gab man mir zu verstehen und da ich ziemlich schnell von Begriff bin, ließ ich mir das nicht zweimal sagen. Ich schlug einfach zu und beschloss, die gesamten hundert Euro aus meiner inneren Westentasche, die ich für meinen monatlichen Zigarettenverbrauch von meinem Gesamtbudget mit Mühe und Not abgezweigt hatte, für dieses verlockende Erzeugnis aufzuopfern, und das Rauchen demzufolge einzustellen. Einfach so! Mal sehen, ob ich das schaffe! sagte ich mir, zahlte mit dem Hunderteuroschein die begehrte Ware an und verpflichtete mich per zweifacher Unterschrift, den Restbetrag in monatlichen Raten nachzuliefern.

Die Nähmaschine wurde mir noch am selben Tag zugestellt, und weil ich mich in ihrer Handhabung überhaupt nicht auskannte, stellte ich sie vorläufig in den Keller.

Sooft ich in den nächsten Monaten ein paar Minuten Zeit fand, ging ich zu der Nähmaschine hinunter, streichelte ihr sanft über den Deckel, und dabei hatte ich jedes Mal ein gutes Gefühl, denn ich wusste, ich hatte ein gutes Geschäft gemacht.

Meine Nachbarin hatte mir einmal erzählt, dass sie selbst für sich nähte, und dadurch um die tausendachthundert Euro im Jahr sparte. Das war nicht zu verachten, und ich trug mich ernsthaft mit dem Gedanken, so bald wie möglich einen Intensivkurs im Nähen an der örtlichen Volkshochschule zu belegen, um mich in die Geheimnisse des Schneidermetiers einweihen zu lassen.

Wenn ich das geschafft habe, sagte ich mir, kann ich nach Büroschluss als Diplomschneider bei mir zu Hause arbeiten, mir langsam, aber sicher einen Namen machen und dann einen modebewussten Kundenkreis aufbauen.

Heute Schneider, morgen Couturier, freute ich mich sodann, und dieses Vorhaben war noch längst nicht alles. Es mangelte mir nicht an Ideen und ich versprach mir, falls das geplante Geschäft gut liefe, von dem Gewinn zwei LKWs anzuschaffen, um ein Transportunternehmen zu gründen, zusätzlich zu meiner Modefirma. Es ist immer gut, zwei Eisen im Feuer zu haben.

Aber man nimmt sich viel zu viel vor, wenn der Tag lang ist, mit anderen Worten, diese Nähmaschine liegt jetzt schon seit fünfzehn Jahren in meinem Keller. Noch immer unbenutzt und völlig verrostet.

Es tut mir jedoch nicht leid, dass ich sie mir damals angeschafft habe, denn dank ihr habe ich das Rauchen aufgegeben.

Das war eine wunderbare Investition. Ohne sie wäre ich heute schwer lungenkrank, wenn nicht schon längst tot. Also verdanke ich ihr mein Leben, und ich lege allen, die vom Rauchen nicht loskommen, ans Herz, sich eine Nähmaschine anzuschaffen.

Bei mir hat das funktioniert.

Mein Fahrrad

Ich wohne in einem Wohnblock mit zehn Parteien, in einer schönen Gegend und auch die Nachbarn sind völlig okay. Doch es gibt leider auch ein kleines Problem: Ich kann mein teures Fahrrad nicht vor dem Eingang, auf dem Abstellplatz für Fahrräder abstellen, zumal man meinen Nachbarn bisher dort bereits fünf Räder geklaut hat.

Damit mir das nicht auch noch passiert, habe ich mein Rad im Keller eingeschlossen, was leider dazu führt, dass ich nie damit fahre, denn um es aus dem Keller zu holen, müsste ich zuerst zwei schwere Eisentüren auf- und wieder zuschieben, um dann schließlich das Fahrrad die 32 Treppen bis zum Ausgang hochzutragen, weil es ja nicht in den Aufzug passt. Das wäre sehr umständlich, und man darf nicht vergessen, dass ich nach dem Fahren das Rad wieder zurück in den Keller bringen müsste.

Nun habe ich eine tolle Idee: Ich werde mir ein ganz billiges Fahrrad auf dem Flohmarkt kaufen, das so um die 20-30 Euro kostet. Das kann ich dann ganz bequem vor dem Haus abstellen, denn keiner wird es so verlockend finden, dass er es klaut, und wenn doch, dann wäre es bei diesem Preis auch nicht so schlimm. Ich weiß auch, was ich danach mit dem Fahrrad aus dem Keller machen werde: Ich schenke es meiner Frau zum Geburtstag, denn sie fährt sowieso nie mit dem Fahrrad, sondern immer nur mit der Straßenbahn oder mit dem Bus.

Lesen

Laut Statistik sind wir im Durchschnitt eine Stunde täglich mit Lesen beschäftigt, davon lesen wir ca. 30 Minuten lang Zeitungen, 10 Minuten lang Bücher und 20 Minuten lang andere Dinge, wie z.B. Fernsehprogramme, Verkaufskataloge, Preislisten, Zahlungsanforderungen und danach Mahnungen.

Ich las gestern zwei Stunden lang die Bedienungsanleitung zu meiner neuen Espresso-Maschine. Und nachdem ich mir von meiner Tochter ausführlich erklären lies, wie die Maschine funktioniert, habe ich auch alles sofort kapiert. So ist das Lesen auch ein Beitrag zur Generationsverständigung.

Im Allgemeinen lese ich mindestens 3 Stunden pro Tag E-Mails, und das frustriert mich sehr, denn die meisten davon

BARTÁK

sind Spam. Beim Essen lese ich immer die Zeitung, und das frustriert mich zusätzlich, weil meine Frau es nicht akzeptieren kann und darüber meckert. Wenn das so weiter ginge, meint sie, dann würde sie bald ausziehen und ich müsste dann ganz allein weiterleben, bzw. -lesen. Um dem vorzubeugen, habe ich jetzt angefangen Kontaktanzeigen zu lesen.

Letzte Woche war ich schwer erkältet, und ich musste verschiedene Medikamente einnehmen. Vorher las ich jedoch mit großer Sorgfalt die Packungsbeilagen. Die Liste der möglichen Nebenwirkungen war jedes Mal ein Kapitel voller Spannung. Horrorliteratur vom Feinsten!

Und damit sind wir bei der belletristischen Literatur angelangt, die ich viel lieber als Sachtexte der eben erwähnten Art lese. Doch wenn mich ein Roman langweilt, dann lese ich ihn diagonal und überspringe Sätze, Absätze und manchmal sogar ganze Kapitel. Es gibt natürlich auch viele Romane, bei denen ich einfach nur den Titel lese und danach den gesamten Inhalt überspringe. Ich halte es da mit Bernhard Shaw: „Der Vorteil der meisten Bücher ist, dass man auch ohne sie auskommen kann."

Die durchschnittliche Lesegeschwindigkeit beträgt 150 Wörter pro Minute, habe ich irgendwo gelesen. Und nicht 150 Minuten pro Wort, wie es bei einigen Zeitgenossen leider der Fall ist. Ja, es ist ein leidiges Thema! Das Trainieren der Lesekompetenz beginnt bekanntlich in den ganz jungen Jahren, und zwar schon beim Vorlesen. Doch viele Eltern schaffen es beim besten Willen nicht ein Vorlesebuch in die Hand zu nehmen, weil sie ja die ganze Zeit die Fernbedienung halten müssen.

„Schock deine Eltern, lies ein Buch!“, ist ein Spruch, denn man seit vielen Jahren vielerorts lesen kann. Auch meine Tochter liest kaum noch, sie ist ständig mit ganz anderen Sachen, zum Beispiel mit ihrem iPhone beschäftigt. Daher habe ich ihr neulich eine SMS geschickt: „Du solltest endlich wieder mal etwas Vernünftiges lesen!“ Die Antwort fiel extrem knapp aus: *Lol*. In der SMS-Sprache heißt das: lautes Lachen. Das habe ich irgendwo gelesen.

Fernsehen

Ich bin eher der visuelle Typ, und wenn ich nicht fern sehe oder gar lese, dann surfe ich in der Regel im Internet. TV-Schauen finde ich jedoch um einiges besser, weil man beim Umschalten nicht so lange warten muss, bis sich das Bild aufbaut. Und außerdem ist mir die Fernbedienung viel lieber als das Computer-Keyboard, zumal sie viel weniger Knöpfe hat.

Apropos Fernbedienung: Es gibt eine Menge Leute, die andauernd mit der Fernbedienung hin und her schalten, derlei Unsinn geht mir unheimlich auf die Nerven.

Wer soviel herumschaltet, der bekommt ja überhaupt nichts mehr mit! Meine TV-Bedienung hat einen Zapp-Knopf, auf den brauche ich bloß zu drücken, und das Schalten fällt für mich weg, wodurch ich mich voll und ganz auf die jeweiligen Inhalte konzentrieren kann.

Immer wieder bleibe ich jedoch auch bei einem einzigen Kanal zwei bis drei Stunden hängen. Gestern Abend zum Beispiel habe ich mir eine hochinteressante Sendung angeschaut, die mich sehr zum Nachdenken anregte. Ich habe dabei ernsthaft darüber nachgedacht, wieso ich denn jetzt überhaupt fern sehe. Doch Spaß beiseite, im Fernsehen mangelt es nie an extrem erfrischenden Sendungen, und wenn ich danach wieder aufwache, bin ich total fit und ausgeschlafen.

In einem viel zitierten Spruch heißt es, das Fernsehen sei eine Einrichtung, bei der Leute, die nichts zu tun hätten, Leuten, die nichts tun könnten, stundenlang dabei zuschauen würden.

Wer so etwas behauptet, der weiß nicht, wovon er redet und disqualifiziert sich von selbst.

Wieso geht man denn davon aus, dass Leute, die viel fern sehen, nichts zu tun hätten? Wenn ich TV schaue, und das tue ich fast rund um die Uhr, habe ich wohl alle Hände voll zu tun: In der einen Hand halte ich die Chips, in der anderen das Bier, und in den Werbepausen muss ich mich zusätzlich zum Kühlschrank aufmachen, um mich mit neuen Vorräten einzudecken.

Und auch die Fernsehmacher anzugreifen ist völlig unberechtigt, denn sie leisten eine ganze Menge, vor allem tragen sie zunehmend Sorge dafür, dass die Sendungen ein gewisses Niveau nicht überschreiten. Und das liegt ganz im Interesse der Fernsehzuschauer, denn, wie ein Fernsehmoderator kürzlich in seiner Sendung feststellte „alle Sätze, die über dreizehn Wörter beinhalten, werden heute im TV nicht mehr verstanden.“ (Der Moderator wurde übrigens wegen dieser Feststellung gefeuert, weil sie vierzehn Wörter betrug.)

Es gibt kritische Stimmen, die behaupten, das Fernsehen würde das Familienleben kaputt machen. Darüber kann ich jedoch nur lachen, denn auf mein Familienleben hatte das Fernsehen äußerst positive Auswirkungen: Es ermöglichte mir zu zeigen, dass *ich* in der Familie das Sagen habe, zumal immer nur ich über die Fernbedienung verfügen darf. Das habe ich letzte Woche endgültig durchgesetzt, und seitdem gibt es bei uns zu Hause überhaupt keine Konflikte mehr, umso mehr als dass meine Frau und meine Tochter sich inzwischen jede ein eigenes TV-Gerät angeschafft haben, und sich somit jede in einem anderen Raum ihre Lieblingssendungen anschauen kann.

Schreiben

Eigentlich wollte ich einen Roman in zwei, wenn nicht gar in drei Bänden schreiben, denn es gab unendlich viel zu erzählen, und da mir die Arbeit erstaunlich leicht von der Hand ging, hatte ich nach nur zwei Tagen Arbeit bereits die ersten 49 Seiten in den Computer getippt. Aber dann wurde ich plötzlich von Zweifeln befallen. Ich fing an, über den Sinn meines Schaffens nachzudenken, was meine Schreiblust erheblich bändigte, und schließlich kam ich zu dem Ergebnis, dass es bei der gegenwärtig permanent zunehmenden Informationsflut völlig absurd sei, unendlich lange Texte zu schreiben. Wer hat denn heute noch Zeit zum Lesen? fragte ich mich. Tempo und Hektik beherrschen unsere Handlungen, der Stress hat uns völlig im Griff, und wenn das so ist, warum sollte man sich als Autor nicht den Bedürfnissen seiner Zeit anpassen?

Mit meinen Überlegungen an diesem Punkt angelangt, erschien es mir auf einmal als wesentlich sinnvoller, meinen geplanten dicken Roman auf das absolute Minimum zu reduzieren. Denn weniger hieße in diesem Fall gewiss mehr, und ganz im Sinne dieser Überlegungen machte ich mich sodann an die Arbeit. Ich reduzierte meinen Text so gründlich, dass schließlich kein einziges Wort mehr von ihm übrig blieb.

Nach getaner Arbeit lehnte ich mich zurück, atmete tief durch und schloss die Augen. Plötzlich wurde mir bewusst, was mir da eben geglückt war: Ich hatte eine Null-Worte-Geschichte erschaffen. Sie hatte nicht einmal einen Titel, sie hatte gar nichts! Ein genialer Wurf war mir da gelungen, denn so was war in der gesamten Literaturgeschichte noch nie da gewesen.

Ich war aufgeregt und erleichtert zugleich, denn es wurde mir auf einmal klar, dass ich mich in der besonders glücklichen Lage befand, auf die lange Suche nach dem geeigneten Verlag in diesem Fall ganz und gar verzichten zu können. Und davon können die meisten Autoren nur träumen!

Aber das Allerbeste an meiner Null-Worte Geschichte ist: Sie muss nicht gelesen werden, und Millionen und Abermillionen von Leuten können, falls sie sich die Geschichte kaufen, statt sich der Lektüre eines Textes zu widmen, ruhigen Gewissens nur noch fernsehen.

Ich bin mir sicher, dass diese Geschichte ein permanenter

BARTÁK

Bestseller wird, weil sie ja auch gar nichts kostet. Also kein lästiges Geldzählen mehr an der Kasse! Keine nervigen Beratungsgespräche mehr! Die Buchhändler dürfen stattdessen spazieren gehen und sich entspannen.

Meine potentiellen Nachahmer haben absolut keine Chance, zumal es jedem gewieften Literaturkritiker auf Anhieb gelingen wird, diese Null-Worte-Geschichte von einem Null-Worte-Plagiat zu unterscheiden.

Und man kann ja nie wissen: wenn ich ein bisschen Glück habe, bekomme ich dafür eines Tages vielleicht sogar den Null-Worte-Nobelpreis für Literatur.

Schokolade

Weit über 1600 Anbieter aus aller Herren Länder reisen jährlich zur größten Süßwarenmesse der Welt in Köln an. Die Messehostessen verteilen Honigbonbons zum Kennen lernen an die Besucher, und Naschwerk-Manager lutschen an bunten Lollipops. Ach, wie süß!

Was mir aber auch dieses Jahr sauer aufstößt: Neben Bonbons, Lollies, Marzipan oder Keksen ist auch die Schokolade in allen möglichen Variationen auf der Messe vertreten und wird als Genussmittel angeboten. Damit muss nun endgültig Schluss sein! Es ist höchste Zeit, diesen krassen Irrtum zu korrigieren, denn die Schokolade ist kein Genussmittel und war noch nie eins gewesen. Die Beweise dafür liegen

BARTÁK

klar auf der Hand: 1. Schokolade wird aus den Bohnen der Kakaosträucher gewonnen und Bohnen sind Gemüse. 2. Der Zucker, mit dem die Schokolade versetzt wird, wird aus Rüben extrahiert, und Rüben sind ebenfalls Gemüse. Also ist die Schokolade ebenfalls ein Gemüse, das möchte ich hier als eingefleischter Vegetarier ein für allemal klar stellen. Auf Grund dieser unabänderlichen Tatsache müssen wir endlich lernen, die Schokolade als unverzichtbares Grundnahrungsmittel einzuordnen und dementsprechend so häufig wie möglich zu konsumieren.

Und apropos Grundnahrungsmittel! Ich habe leider immer wieder feststellen müssen, dass die meisten Menschen sich völlig falsch ernähren, weil sie meist das eine oder andere Grundnahrungsmittel bevorzugen. Hierbei darf man aber nie aus den Augen verlieren: Es gibt *drei* verschiedene Grundnahrungsmittel und alle sind gleichermaßen wichtig für uns: 1.Milchschokolade, 2.Bitterschokolade und 3.weiße Schokolade.

Zumal ich mich nicht allzu einseitig ernähren möchte, bin ich natürlich weitestgehend bemüht, auf eine ausgewogene Kombination dieser drei Kategorien zu achten.

Das erfordert natürlich Disziplin und Konsequenz, und es gibt mitunter auch Zeiten, in denen ich darunter leiden muss, denn manchmal ist mir nach so viel Schokoladenkonsum ziemlich übel. Aber was soll's! Das Leben ist bekanntlich kein Zuckerschlecken, es sei denn man betrachtet es von der Schokoladenseite!

Ein schwerer Irrtum, den ich hiermit korrigieren möchte: Es wird immer wieder behauptet, Schokolade mache dick.

Das ist Unsinn! Und dass ich in letzter Zeit so stark zugenommen habe, hat mit Schokolade gar nichts zu tun, denn wie Prof. Dr. Reiner Süßmann am eigenen Leib herausfand, sind allein die FETT-Gene für die Ausbildung von Übergewicht verantwortlich. Mein Übergewicht habe ich von meinem Vater geerbt. Ich glaube, dass ich sogar zweimal so viele FETT-Gene wie mein Vater habe, denn ich bin doppelt so dick wie er. Dass ich nicht abnehmen kann, was immer ich auch tue, ist also Schicksal. Ich trage es aber mit Fassung und tröste mich darüber hinweg – mit Schokolade.

Fitnesstraining

Gestern habe ich mit dem Fitnesstraining begonnen, denn bald kommt der Sommerurlaub und da habe ich mir zwei extrem wichtige Dinge vorgenommen: Ich möchte rund um die Uhr am Strand liegen und dazu auch noch eine gute Figur abgeben.

Damit jetzt kein Missverständnis aufkommt: Ich habe auch jetzt schon den Traumkörper eines Spitzenathleten, wenn man nur vom Wabbelspeck um die Hüften, an den Beinen und am Po absieht. Und ich brauche nur ganz tief auszuatmen, den Bauch kräftig einzuziehen, und schon sehe ich so aus als ob ich praktisch einen Waschbrettbauch hätte, auch wenn meine Frau immer meint, es wäre mehr ein Waschbärbauch.

Im Fitnessstudio bin ich übrigens schon seit einem Jahr Mitglied. Kostet zwar eine Menge, aber es ist äußerst professionell eingerichtet. Mit Equipment vom Feinsten, für jeden nur erdenklichen Muskel. Ich habe das Studio noch vor der Aufnahme eingehend besichtigt, aber danach bin ich leider kein einziges Mal mehr hingegangen. Nicht dass ich irgendwie träge wäre, aber es fehlte mir jegliche Motivation dazu. Meine Frau meinte daher irgendwann, das wäre eine völlig absurde Situation und ich sollte den Vertrag schnellstens kündigen. Nun ja, typisch Frau, gleich die Flinte ins Korn werfen, wenn etwas mal nicht so perfekt läuft.

Ich bin aber eher so der Kämpfertyp, also bin ich willensstark, beharrlich und stur am Ball geblieben. Also, ich habe den Mitgliedsbeitrag auch weiterhin regelmäßig entrichtet und gestern habe ich, wie gesagt, mit dem Training begonnen.

Es hat eine volle Stunde gedauert, es war gar nicht so einfach. Aber aller Anfang ist schwer, und so musste ich halt ein paar sinnvolle Pausen einlegen. Also, alles in allem habe ich so um die 50 Minuten pausiert. Das war auch dringend nötig, denn ich hatte Unglaubliches zu bewältigen: Die 10-Kilo-Hantel beispielsweise hatte plötzlich mindestens 20 Kilo, als ich damit zu trainieren anfing. Und das Laufband, das ich auf sechs Stundenkilometer stellte, legte mit ungefähr 60 km/h los. Ich musste es sofort wieder anhalten. Ich habe mich freilich beim Trainer beschwert, aber er grinste und meinte die Geräte wären in Ordnung, ich hätte bloß eine verzerrte Wahrnehmung, weil ich völlig untrainiert wäre. So ein Schwachsinn!

Meine Wahrnehmung ist völlig okay, z.B. wenn ich heute wahrnehme, dass ich einen fürchterlichen Muskelkater habe, dann ist es auch so. Die Arme tun mir weh, die Beine, der Rücken ... Nun ja, das Fitnesstraining wird daher in den nächsten Monaten leider ausfallen müssen. Das heißt aber natürlich nicht, dass ich es aufgebe: Ich trainiere freilich auch weiterhin, als passiver Teilnehmer. Dass meine Frau wegen unnötiger Kosten bald wieder meckern wird, ist klar! Die hat ja null Ahnung von langfristigen Strategien!

Die Calvin-Party

Einer meiner Bekannten hatte eine ganz besondere Idee: Vor kurzem organisierte er eine Calvin-Party. Wia Facebook wurden die künftigen Gäste dazu angehalten, beim Feiern keinen Schritt von den strengen Ethik-Prinzipien des Calvinismus abzuweichen.

Wo gefeiert wird, bin auch ich immer gerne dabei, also ließ ich mir diese Gelegenheit nicht entgehen. Zumal ich wusste, dass Johannes Calvins extremer Hang zur Pünktlichkeit einst sogar die Entwicklung der Uhrenindustrie in Genf befördert hatte, war ich äußerst darauf bedacht, mich nicht zu verspäten. Also erschien ich sogar eine ganze Stunde früher. Die anderen Gäste waren aber alle schon längst da, und man beäugte mich missbilligend. „Wie kann man denn lediglich eine Stunde zu früh kommen?“, schienen die Blicke zu sagen. „Wenn du zum Beispiel zwei Stunden im Stau gesteckt hättest, dann hättest du dich um eine ganze Stunde verspätet. Und das ist unhöflich den anderen gegenüber.“ Ein paar Worte der Entschuldigung meinerseits brachten aber wieder alles in Ordnung.

Die Calvin-Party kam offensichtlich so langsam in Gang. Die Gäste saßen ruhig und diszipliniert da und tranken fleißig eine Tasse Tee nach der anderen. Es war offensichtlich der leckere, einschläfernde Calvin-Tee, denn ein Teil der Trinkenden war bereits eingenickt.

Freilich gab es auf der Party nicht nur Abstinenzler. Es waren auch eine Menge Schluckspechte dabei, die ein Glas Calvin-Wein nach dem anderen in sich hinein kippten, als ob es keinen Morgen mehr gegeben hätte. Der Wein enthielt statt Alkohol nur Zitronensaft vom Feinsten, sodass die Trinker stocksauer vor sich hin starrten. Wie heißt es so schön: *In calvino veritas*. Ja, die Welt ist keine Vergnügungsanstalt und wir gehen nicht auf Partys, um uns zu amüsieren.

Nach einiger Zeit wurde dankenswerterweise das Riesenbüffet eröffnet und alle Wachgebliebenen stellten sich frohgemut in der Schlange an. Ich freute mich am meisten von allen, denn man war zwar bei den Vorbereitungen extrem wirtschaftlich vorgegangen, und so gab es nur ein einziges Hauptgericht, aber es war mein absolutes Leibgericht: *Chili con carne*. Und auch wenn das *Chili con carne* ganz ohne Fleisch und auch ohne Chili serviert wurde, machte es mir gar nichts aus, denn ich wollte mich ja nicht der Völlerei hingeben, sondern mich in Zurückhaltung üben und ganz nebenbei auch ein wenig abspecken.

Auf einem großen Tisch in der Raummitte dampfte in einem Riesentopf eine Calvin-Suppe, die so lecker war, dass keiner genug davon kriegen konnte. Das war auch verständlich, denn die Löffel, mit denen man sie aß, hatten ein großes Loch in der Mitte.

„Come on, people! Let's dance!", rief plötzlich der Disc-Jockey, und fing an einen megacoolen Chart-Song nach dem anderen aufzulegen. Die Anlage hatte zwar keine Lautsprecher, aber auch dafür hatte ich vollstes Verständnis, denn gute Lautsprecher sind viel zu teuer und Calvin hat ja extreme Sparsamkeit gepredigt. Und es machte mir auch gar nichts aus, dass ich die Musik nicht hören konnte, ich konnte sie mir ja vorstellen, denn ich kannte alle Chart-Songs auswendig.

Der amerikanische Traum, den auch viele Europäer träumen, dass man durch hartes Schuften vom Tellerwäscher zum Millionär werden könnte, basiert auf Calvin. Und so war es auf dieser Calvin-Party freilich kein Wunder, dass sich am Ende der Feier die Gäste in die Haare gerieten: Jeder wollte vor dem Weggehen mindestens einen Teller waschen, es gab jedoch leider weniger schmutzige Teller als arbeitsfreudige Gäste.

Doch abgesehen davon war die Party unter dem Strich ein voller Erfolg. Am meisten gefiel mir, dass ich zum Schluss bei der Calvin-Tombola einen Hundertdollar-Schein gewann, auf dem Franklin durch Calvin ersetzt worden war. Was ich damit mache ist klar: Morgen bringen ich ihn zur Bank, denn ich habe gehört, dass die Banken seit einigen Jahren ganz dringend Kohle benötigen.

Der geplagte Kunde
Tagebuchaufzeichnungen

Montag

Vor zwei Monaten bestellte ich mir online ein paar leichte Schuhe für den Sommer. Der Sommer ist schon längst da, aber die Schuhe noch nicht. Auf meine diesbezügliche Telefonanfrage erhielt ich heute Vormittag von einer Callcenter-Mitarbeiterin des Versandhauses folgende Erklärung: „Wir sehen davon ab, Sie zu beliefern, da Sie in der Vergangenheit bestellte Ware wieder an uns zurückschickten.“ „Ich habe vorher noch nie bei Ihnen bestellt!“, sagte ich, die Leitung war jedoch schon unterbrochen.

Dienstag

Na, wenn das keine Überraschung ist! Heute bekam ich einen Sommerkatalog zugeschickt. Vom Schuhversandhaus, bei dem ich mich gestern beschwerte. Sie bitten mich auch weiterhin bei Ihnen zu bestellen und sie legen sogar einen Gutschein als Dank für meine langjährige Treue hinzu.

Mittwoch

Ich habe ein Ölbild gemalt und möchte einen Rahmen dafür bauen. War heute im Baumarkt, um mir Latten dafür zu kaufen. Nach 30 Minuten fand ich einen Parkplatz im dritten Untergeschoss. Nachdem ich die Holzabteilung viermal umkreiste und keinen Verkäufer sah, stieß ich von selbst auf die passenden Latten. Schade nur, dass die Preisauszeichnung fehlte. Zum Glück gab es aber auch noch den Strichkode-Aufkleber und ich ging mit den Latten zur Kasse, um dort den Preis herauszufinden. Stand 30 Minuten Schlange, wonach die Kassiererin feststellte, dass sich der Strichcode nicht einscannen ließ. „Gehen Sie zur Holzabteilung und lassen Sie die Latten von einem Verkäufer mit dem Preis auszeichnen", sagte sie. Ich ging aber lieber nach Hause. Wollte mich danach über die Hotline des Baumarktes wegen des fehlgeschlagenen Lattenkaufs beschweren. Sehr entgegenkommend ließ mich der Anrufbeantworter wissen: „Ihr Anruf ist sehr wichtig für uns. Warten Sie bitte so lange, bis er für Sie unwichtig wird!"

Donnerstag

Heute wollte ich mir etwas leisten, und so begab ich mich ins Restaurant „Bon appétit!“. Es gab dort zwar keinen freien Tisch mehr, aber der freundliche Kellner sagte mir: „Bei uns wird jeder bedient. Denn wir haben neulich einen ganz besonderen Service für unsere Gäste eingeführt: Für einen sehr günstigen Preis dürfen Sie den anderen beim Essen zuschauen.“ Ich lehnte dankend ab und begab mich zu einer Bäckerei, um auf die Schnelle dort etwas zu konsumieren. „Tut uns Leid“, sagte die Verkäuferin. „Wir können Sie nicht mehr bedienen. Wir schließen in einer halben Stunde.“ Tja, wer zu spät kommt, den bestraft der Handel.

Freitag

Ich wollte heute mit dem Regional-Express von Düsseldorf nach Leverkusen fahren. Schwarz, weil der Ticketautomat mein Geld ohne Gegenleistung geschluckt hatte. Kurz vor Leverkusen kam der Schaffner. Ich kaufte bei ihm ein Ticket, aber sein Computer weigerte sich ziemlich lange, es auszustellen. So konnte ich erst in Köln-Süd aussteigen. Ging danach zu Fuß zurück nach Düsseldorf, weil ich mit der Bahn nichts mehr zu tun haben wollte.

Samstag

Heute hatte ich Schmerzen in der Brust und Schweißausbrüche. Bekam einen Untersuchungstermin beim Kardiologen im

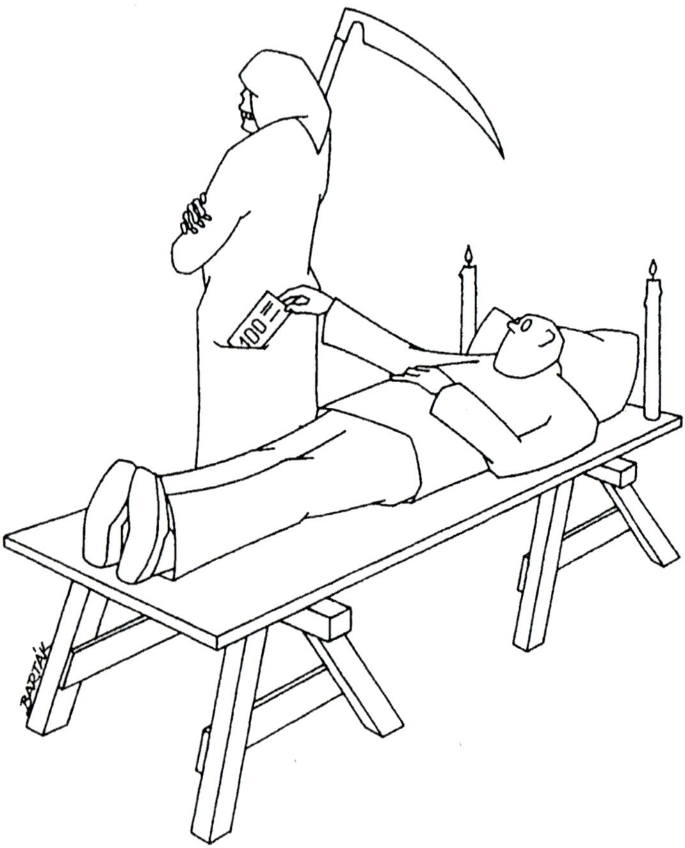
100,-
BARTÁK

September. Wollte lieber einen Termin im Juni, doch die Sprechstundenhelferin wies mich daraufhin, dass wir uns nicht bei der Sendung „Wünsch dir was!“ befanden. So kaufte ich mir den Ratgeber „Jetzt heilen wir uns selbst!“ und beschloss mich bis September selbst zu behandeln.

Sonntag

Letzte Nacht habe ich das Zeitliche gesegnet, doch kurz danach wurde ich zum Glück im Paradies aufgenommen. Hier herrscht ewiger Frühling, überall fließen Milch und Honig und ich darf ab sofort rund um die Uhr meiner Leidenschaft nachgehen, das heißt malen. Ob man hier Latten für Bilderrahmen findet? Egal. Hauptsache, ich bin berechtigt, wann immer ich Lust habe, mit den Engeln herumzufliegen. Das Problem dabei: Ich habe bisher noch keine Flügel bekommen, wegen einer Versorgungspanne, die durch einen Logistikfehler des Megacomputers verursacht wurde. Ich muss also vorläufig zu Fuß gehen. Bin barfuß und frage mich, ob man hier Schuhe bestellen kann. Die Wartezeit für die Flügel beträgt übrigens zwischen einer halben und einer ganzen Ewigkeit, wie man mich wissen ließ. Was soll ich dazu noch sagen, der liebe Gott hat gewiss Humor!

Altgedienter 68er rechnet ab

1968 – was für ein Jahr! Da stürzte eine befreite, entfesselte Jugend die morsche Moral der deutschen Nachkriegsgesellschaft vom Sockel, und ich war dabei.

Bis dahin herrschten überall strenge Verhaltensregeln, beispielsweise bei uns zu Hause mussten alle dem Vater blind gehorchen und der verhielt sich wie ein durchgeknallter General.

Das versuchte ich gestern auch meinem 39-jährigen Sohn Lukas zu erklären, aber er hörte mir gar nicht zu, und da erteilte ich ihm eine Woche Hausarrest.

„Revolution", sagte damals Rudi Dutschke, „ist nicht eine

Sache von Tagen, wo geschossen wird und Auseinandersetzungen stattfinden. Revolution ist ein langer, lang andauernder Marsch durch die Institutionen.“ Ja, ich bin jahrzehntelang durch die Institutionen marschiert und nun konsequenterweise on the Top angelangt, darauf bin ich unendlich stolz. Ich verdiene zwar das dreihundertfache meiner Mitarbeiter, aber ich bin vierhundert Mal besser als sie. Die Randalierer, die heute auf die Straße gehen, um gegen Top-Verdiener zu protestieren, haben wohl einen Dachschaden! Ich bin der letzte, der gegen freie Meinungsäußerung ist, doch in solchen Fällen wäre ein Demonstrationsverbot durchaus angebracht. Und wenn das nichts hilft, dann eben Knast.

Als wir 68 auf die Barrikaden gingen, war das der Anbruch einer ganz neuen Zeit. Es ging um den freien, selbstbestimmten Menschen, der seine Persönlichkeit allseitig entfalten kann.

Meine erste Frau Elke war auch eine 68erin. Ach, was habe ich sie nur geliebt, vor allem auf der schuldlosen, platonischen Ebene! Vor der Trauung hatte ich bloß einmal Sex mit ihr, denn wie hieß es nur damals: „Wer zweimal mit der selben pennt, gehört schon zum Establishment.“ Ja, wir hatten damals noch feste Prinzipien.

Aber dann war Elke plötzlich schwanger, und wir sind aus der Wohngemeinschaft ausgezogen. Dort herrschte nämlich das große Chaos, und wir wollten unserem Baby ein ruhiges Nest bieten. Hedda, Dagmar, Nina, Manfred und noch ein paar Gesinnungsgenossen aus der antikapitalistischen Befreiungsbewegung sind aus Solidaritätsgründen mit uns mitgezogen.

Irgendwann hat dann aber das Zusammenleben mit Elke nicht mehr funktioniert. Sie war plötzlich größenwahnsinnig geworden und wollte wieder zurück auf die Uni gehen, um weiterhin zu studieren und sogar Karriere zu machen. Karriere und Kind gleichzeitig ist ein edler Emanzipationsvorsatz, der aber in der Praxis voll daneben geht, wie es sich in unserem Fall gezeigt hat. Außerdem war Elke auf Dagmar, Nina und Hedda auf ganz spießige Weise eifersüchtig, nur weil ich manchmal mit ihnen ins Bett ging.

Danach lebte ich mit Melanie zusammen, aber nur zwei Monate, dann war Schluss. Man muss sich nicht absolut alles gefallen lassen! Obwohl sie wohl gemerkt eine Frau war, verdiente sie bei gleicher Arbeit genau so viel wie ich und fand es sogar in Ordnung!

Nun ja, jetzt bin ich seit zwei Jahren mit Sandra verheiratet, sie ist 24, ich 64. Es gibt daher Idioten, die halten mich für ihren Vater, aber das ist blanker Unfug, denn der ist schließlich 15 Jahre jünger als ich. Wir sind happy zusammen, und nur das zählt. Sie sorgt für unsere zwei Kids, erledigt die Küchenarbeit und wenn sie danach noch Zeit findet, betätigt sie sich gerne im Kirchenkreis. Dass sie überhaupt nicht arbeiten muss, weiß sie zu schätzen, doch nun gibt es ein kleines Problem: Sie möchte die Kids in einer Kinderkrippe unterbringen, damit sie angeblich sozialisiert werden. Doch in den heutigen Krippen geht es viel zu autoritär zu, daher brauchen Kinder rund um die Uhr eine Mutter, aber dafür fehlt Sandra leider das nötige Engagement. Darüber hinaus spielt sie mit dem Gedanken halbtags zu arbeiten, um ein wenig unter die Leute zu kommen. Ganz schön krank!

Ja, als altgedienter 68er bin ich von der heutigen Realität ziemlich enttäuscht. Bis in die eigene Familie hinein entdeckt man bloß egoistische Kleingeister und Spießer wie in den finstersten Jahren der Nachkriegszeit, und eins liegt eindeutig auf der Hand: Wir brauchen ganz dringend eine neue Revolution!

Über andere Länder

Was sind Sie denn für ein Landsmann?

Ich saß in einem Kölner Café. Er setzte sich an meinen Tisch, und wir unterhielten uns ein wenig über das Wetter. Aber irgendetwas irritierte ihn offensichtlich an mir, und ich wusste auch, was es war: Mein Akzent war ihm wohl von Anfang an aufgefallen, und nun hatte er ein Problem. Er konnte mich trotz sorgfältiger Beobachtung überhaupt nicht einordnen. Schließlich fasste er sich ein Herz und fragte mich:

„Wo kommen Sie denn eigentlich her?"

„Ich komme aus Düsseldorf", sagte ich.

„Das meine ich nicht", sagte er. „Ich meine: Was sind Sie denn für ein Landsmann?"

„Ich bin Deutscher“, antwortete ich.

„Aus Russland?“

„Njet.“

„Aus Polen?“

„Auch nicht.“

Wir spielten also so eine Art Quiz: Wer bin ich und wo komme ich eigentlich her? Ich war Quizmaster und Gegenstand des Ratens zugleich. Ich war in diesem Ratespiel sehr geübt, denn ich spielte es beileibe nicht zum ersten Mal. Immer wieder wurde ich bei einer neuen Begegnung spontan dazu aufgefordert, und jedes Mal war es der gleiche Ablauf: Frage, Antwort, Frage, bis der Name meines Herkunftslandes ans Licht kam.

„Sie rollen das R so!“, sagte mein Gegenüber. „Aber Sie sind bestimmt kein Spanier.“

„Richtig“, antwortete ich. „Ich bin kein Spanier.“

Er musterte meine Gesichtszüge, meine Kleidung. Es war nicht einfach für ihn.

„Sind Sie aus Albanien?“, fragte er.

„Falsch.“

„Aus Tschechien?“

„Auch nicht.“

Da er keinen Anrufjoker hatte und die Frage auch nicht tauschen wollte, gab er sich schließlich geschlagen: „Dann sagen Sie es doch endlich! Ich weiß es nicht.“

„Ich kam vor 30 Jahren aus Rumänien“, sagte ich.

„Ach so!“, meinte er. „Na klar! Für einen Rumänen sprechen Sie aber ziemlich gut Deutsch!“

„Deutsch ist meine Muttersprache. Ich bin Deutscher“,

sagte ich.

„Und was machen Sie denn beruflich?"

Zumal ich absolut keine Lust auf eine neue Quizrunde hatte, rückte ich mit der Antwort direkt heraus: „Ich schreibe Bücher. Und ich arbeite auch für den Rundfunk."

„Für den Rumänischen?"

„Nein, für den Deutschen."

„Auf Deutsch?!"

„Ja."

„Dann haben Sie sich aber gut hier eingelebt! Und fahren Sie jedes Jahr nach Budapest?"

„Nein, wieso?"

„Sie haben doch bestimmt Heimweh!"

„Budapest liegt in Ungarn", sagte ich. Und weil ich meinen Kaffee ausgetrunken hatte, stand ich auf. „Ich muss jetzt langsam gehen. Also, machen Sie's gut! Tschüss!"

Ich begab mich zur Theke, wo es nach Eis, Kuchen und frisch gemalenen Kaffee duftete.

„Es riecht hier richtig gut!", sagte ich. „Was muss ich denn zahlen?"

„2,70 Euro", sagte die Frau am Tresen.

Ich gab ihr drei Euro. „Der Rest ist für Sie", meinte ich.

„Danke schön!", sagte die Frau und lächelte. „Darf ich Sie etwas fragen?"

„Nur los!"

„Sie rollen das R so! Was sind Sie denn für ein Landsmann?"

Frankreich

Als ich im Juni durch Frankreich reiste, sah ich in Toulon, ausgesprochen auf der Place de la Liberté an einer Wand zwei Plakate, auf denen zu lesen war: „Affichage interdit!". „Plakate kleben verboten!" Ein doppeltes Paradox. Doch die zahlreichen Werbeplakate, die dicht neben den zwei Verbotsplakaten befestigt waren, erbrachten den eindeutigen Beweis dafür, dass die Franzosen ein aufmüpfiges Volk sind, das sich die Freiheit durch nichts nehmen lässt.

Auch entdeckte ich einen Tag später in Marseille, als ich mit meinem Freund Julien zum alten Hafen lief, einen tiefgrünen Rasen mit dem Schild „Pelouse interdite", was „Verbotener

Rasen“ heißt. „C’est pas mal, ça!“, sagte ich zu Julien. „Nicht schlecht! Bei euch gibt es gerade dort Rasen, wo sie verboten sind!“ „Nicht die Rasen sind verboten, du Witzbold, sondern deren Betreten!“, sagte Julien, woraufhin er den Rasen durchquerte, um den Weg abzukürzen. Ich fand seinen Einfall sehr hilfreich und folgte ihm auf den Fuß. Danach gingen wir bei Rot über die Ampel, ganz locker, wie alle anderen auch. So ist das eben in Frankreich, dachte ich. Vive la liberté! Vive la révolution!

Über Österreich und die Österreicher

Wie heißt es schön: Deutschland und Österreich liegen eng beieinander, sie werden nur durch die gemeinsame Sprache voneinander getrennt. Daher habe ich als deutscher Tourist in Österreich immer ein Österreichisch-Deutsches Wörterbuch mit dabei. Daraus habe ich so einiges erfahren, zum Beispiel, dass man in Österreich durch *Paradeis* nicht das englische Paradies, sondern einfach nur ganz weltliche Tomaten meint, und als ein österreichischer Polizist mich anwies, ich solle jetzt bitte mal *arschlings* fahren, war ich überhaupt nicht beleidigt, sondern ich schlug stattdessen im Wörterbuch nach und fuhr dann rückwärts.

Beim Stichwort Österreich läuft mir automatisch das Wasser im Mund zusammen, weil mir spontan Dinge wie Wiener Schnitzel, Palatschinken, Apfelstrudel, Sachertorte, Salzburger Nockerln oder Kaiserschmarren einfallen. Diese kulinarischen Köstlichkeiten sind der absolute Feinschmeckerhit der Alpenrepublik. Man konsumiert sie dort tagaus, tagein in Riesenmengen, und wenn das so weiter geht, werden ihre Reserven in ganz Österreich bald ausgehen. Vielerorts ist das bereits passiert, und daher ersetzte man dort die typischen österreichischen Speisen durch Fastfood.

Die Österreicher rühmen sich, dass ihre Weine vom Burgenland bis Südtirol zu den besten der Welt gehören. In Wiens Nobel- und Tourismus-Dorf Grinzing trinken Touristen megaelitär den Heurigen, bis der Fußboden wackelt, und bekanntlich hat der gastfreundliche Österreicher immer zwei Flaschen Weißwein für potenzielle Besucher im Kühlschrank: Eine volle und eine leere, denn vielleicht kommt ja jemand vorbei, der nicht trinkt.

Jeden Winter findet ein äußerst heftiger Ansturm von Skifans auf die Alpenrepublik statt. Dafür ist das Land jedoch bestens gewappnet, und so schafft man es beispielsweise um die 400 Wintersportler täglich allein in Innsbrucks und Salzburgs Spitälern ambulant und stationär zu versorgen.

Es gibt in Österreich nicht bloß jede Menge Berge und Seen, sondern auch akademische Titel und Amtstitel, dass es nur so scheppert. Die Donaumonarchie ist zwar schon fast 100 Jahre tot, aber der Titelwahn lebt weiter. Die Titel gelten in Österreich als Teil des Namens und gehören somit beim Ansprechen einer Person, bzw. in Schriftstücken unweiger-

BARTÁK

lich dazu. „Dass hat jedoch nichts mit Eitelkeit zu tun! Man trägt ja nur dann einen Titel, wenn man etwas Besseres darstellt“, wie uns Herr Hofrat Dipl. Ing. Dr. Franz Großmann-Schön bescheiden versicherte.

Die Österreicher lachen viel und gerne, vor allem über andere. Eine Spezialität des österreichischen Humors ist der Wiener Schmäh, den viele Nichtwiener oft als arglistig und misanthropisch empfinden. Das muss man jedoch stark relativieren, denn wie ein Wiener mit Schmäh beobachtete: „Wir sprechen gern ein wenig schlecht voneinander. Aber wir verhalten uns skeptisch zu der schlechten Meinung, die wir vom anderen haben.“

Alles in allem ist Österreich ganz große Klasse, und ich fahre oft und gerne dorthin. Denn Österreich ist meine absolute Lieblingsstadt.

Über die Russen

Churchill behauptete einst von Russland, es sei „ein Rätsel eingehüllt in ein Geheimnis inmitten eines Mysteriums." Doch nicht bloß Churchill, sondern auch andere Staatsführer haben sich mit Russland auseinandergesetzt und sie fanden letztlich heraus, dass es einen Schlüssel zu diesem Mysterium gibt. Das sind die russischen Nationalinteressen. Falls man sie nicht befriedigt, heißt es auf gut Russisch: „Gas njet!" und „Atomnaja raketa!"

Wenn man über die Russen redet, muss man vor allem ihre leidenschaftliche Seele erwähnen. Die ist derart riesig, dass sie es ihnen ermöglicht einen von keinem anderen Volk zu übertreffenden Weltschmerz zu empfinden. Es gibt aber zum Glück eine altbewährte Medizin, die diesen Schmerz lindert. Sie wird in Halbliterflaschen verpackt und nennt sich Wodka. Als hochwirksames Schmerzmittel wird Wodka gerne flaschenweise getrunken, was einige Auslandsbeobachter staunen lässt, doch man darf dabei nicht vergessen: Russland ist ein Riesenland und im Vergleich dazu ist eine Flasche Wodka gar nichts.

Im Laufe ihrer Geschichte haben die Russen ihre Präsidenten oft verschmäht oder gar vom Sockel gestürzt, doch danach tat ihnen das leid und sie ließen sie auf ihren Wodka-Etiketten wieder auftauchen, und so gibt es inzwischen z.B. Leninka-, Stalinka- und Jeltzinka- Wodka. Und nun gibt es auch schon Putinka-Wodka, obwohl Wladimir ja immer noch mitregiert. Diejenigen, die mit dieser Flüssigkeit auf sein Abdanken vorgefeiert haben, werden jetzt von einem schweren Kater geplagt.

Eins der folgenschwersten Ereignissen des letzten Jahrhunderts war die russische Revolution von 1917, worüber Dali sagte: „Die russische Revolution hat wegen der schweren Kälte viel später als die französische Revolution begonnen."

Und apropos Kälte: Die Westeuropäer fühlen sich in der Regel vom eiskalten Sibirien besonders angezogen, die Russen hingegen interessieren sich eher für westliche Urlaubsziele, weil viele von ihnen bereits in den Jahren der Sowjetunion Sibirien reichlich kennen lernten. So durften z.B. zahlreiche Teilnehmer des sozialistischen Wettbewerbs „Wer erzählt den besten politischen Witz?" einige Jahre auf Kosten des Staates in Sibirien verbringen.

Da die Russen im Laufe ihrer Geschichte von ihrer Regierung durchgehend schwer enttäuscht wurden, entwickelten sie sich alle zu Nihilisten und glaubten schließlich an gar nichts mehr. Ambrose Bierce hat einen Nihilisten sehr treffend so definiert: „Ein Russe, ist jemand der die Existenz von allem abstreitet, bis auf Tolstoi. Der Gründer der Bewegung war Tolstoi."

Zum besseren Verständnis der Russen muss man unbedingt auch die russische Kunst in Betracht ziehen, vor allem die Malerei. Große Berühmtheit erlangte das Ölgemälde eines anonymen russischen Künstlers, das „Lenin führt die Revolution an" heißt. Im Zentrum des Bildes ist Lenins Frau Nadeshda Krupskaja zu sehen, wie sie mit einem Unbekannten im Bett liegt. Lenin ist in diesem Gemälde nirgendwo auszumachen, zumal er gerade die Revolution anführt.

Ein wichtiger russischer Dichter war Wladimir Wladimirowitsch Majakowski, der sich von Depressionen geplagt 1930 erschoss. Wie die Eröffnung der KGB-Akten in den Neunzigern ergab, waren seine letzten Worte: „Nicht schießen, Genossen! Ich bin unschuldig!"

Ja, das waren schlimme Zeiten damals, doch vor der heutigen Regierung braucht sich kein Künstler mehr zu fürchten. Es herrscht absolute Meinungsfreiheit und alle sind restlos zufrieden. Sogar die kritischsten Journalisten haben nur Lob für die jetzige Situation, insofern ihnen das Leben lieb ist.

Die Gesetze Russlands sind durchaus gerecht und äußerst streng, sie lassen sich allein durch den Rubel aufweichen.

Es gibt heute viele neureiche Russen, bei denen man nicht weiß, wie sie zu ihrem Reichtum kamen. Das ist aber auch ganz gut so, weil man dadurch keinen Polizeischutz benötigt.

Als Freizeitbeschäftigung gehen viele dieser neureichen Russen mit ihren Leibwächtern sehr gerne in die Schweiz shoppen, sie kaufen sich beispielsweise in Valentino-Läden eine Krawatte für dreitausend Franken. Das ist freilich eine Menge Kohle, doch man muss einschränkend sagen, dass sie es nur dann tun, wenn sie keine Krawatte für viertausend Franken finden können. Auch lassen diese Russen ganze Stockwerke in den teuersten Hotels u.a. an der Côte d'Azur reservieren, damit sie nicht nur im Mittelmeer, sondern auch im Luxus baden können.

Die armen Russen jedoch bleiben zu Hause und baden in der Wolga, deren Wassertemperatur letztlich erfreulicherweise um zwei Grad gestiegen ist. Die schlechte Nachricht: Dies passierte leider nicht wegen der Sonne.

Eine hochinteressante aus Russland stammende Freizeitbeschäftigung ist das russische Roulette, ein potentiell tödliches Glücksspiel. Dabei gewinnt man oder man schießt sich eine Kugel in den Kopf. Wenn man gewinnt, hat man Glück gehabt. Wenn man verliert, hat man nie wieder Probleme. Ist das nicht toll? Danke Russland! *Spassibo* und *Na sdarowje*!

Potemkinsche und böhmische Dörfer

Als ich in den 70ern noch in Rumänien lebte, kam der unter akutem Größenwahn leidende Diktator Ceausescu einmal auch in meine Heimatstadt Resita auf Besuch. Der Weg der präsidialen Autokolonne führte durch verarmte Banater Dörfer, vorbei an den von der Dürre gezeichneten Obstbäumen und ausgetrockneten Mais- und Weizenfeldern, die auf dem ersten Blick aber ganz prächtig aussahen. Zumal der Besuch bereits ein paar Wochen vorher angekündigt worden war, hatte man keine Mühe gescheut, den irren Präsidenten in seinem festen Glauben zu bestätigen, er habe durch seinen genialen Führungsstil das Paradies auf Erden geschaffen: An den ausgetrockneten Apfelbäumen am Wegesrande hatte man mit dünnen, unsichtbaren Fäden rotschimmernde Riesenäpfel gebunden, und die ersten zwei, drei Reihen der mickrigen Maispflanzen, die an der Straße grenzten, hatte man hektisch herausgerissen, um sie durch hochgewachsene, unter der Last der prächtigen Kolben sich biegende Maispflanzen zu ersetzen. Die in Nationaltracht erschienenen Bauern wiederum tanzten fröhlich auf den Straßen und winkten dem genialen Führer auf seiner Durchfahrt begeistert zu, wehe, sie hätten es unterlassen.

Diese künstlichgrotesken Kulissen waren jedoch nichts Neues, sie hatten eine lange Geschichtstradition hinter sich. Feldmarschall Potjomkin hatte sie bereits zu Zeiten Katharinas II. zum ersten Mal mit Erfolg aus dem Boden gestampft, und man nennt sie daher auch heute noch potemkinsche Dörfer. Ein potemkinsches Dorf steht also für etwas Großartiges, fein Herausgeputztes, dem es aber an jeglicher Substanz fehlt.

Man braucht sich bloß die Politikerreden im Bundestag anzuhören, und schon weiß man, was damit gemeint ist.

Und da wir schon bei den etwas anderen Dörfern sind, dürfen wir die böhmischen Dörfer partout nicht vergessen. Wenn man wie der Ochs vorm Berg steht, trübe dreinschaut und über etwas sagt: „Das ist mir ein böhmisches Dorf", dann meint man nichts anderes, als dass diese Sache einem völlig unverständlich ist. Der Dichter Christian Morgenstern schickte bereits im 19. Jh. seine wundersame Figur Palmström auf die Reise in ein böhmisches Dorf:

„Palmström reist, mit einemHerrn v. Korf,
in ein sogenanntes Böhmisches Dorf.
Unverständlich bleibt ihm alles dort,
von dem ersten bis zum letzten Wort.“

Tja, so ist das eben! Mann kann nicht absolut alles verstehen! In Deutschland spricht man in solchen Fällen eben vom böhmischen Dorf, in Böhmen selbst sprechen die Tschechen, denen etwas nicht einleuchtet, vom spanischen Dorf (španelská vesnice).

Auch mir kommt immer wieder so manches Spanisch vor. Oder wie die Engländer sagen: „It's Greek to me!“ Es kommt mir griechisch vor. Den Polen wiederum ist vieles Chinesisch, also „po chinsku“.

Nun ja! In einer globalen, zunehmend von Computern regierten Welt kapieren alle immer häufiger gar nichts mehr, aber dann halt jeder auf seine Weise. Und das ist auch gut so! Ob im Osten oder im Westen ist der ideale Bürger von heute einerseits weltoffen, andererseits bestrebt, seine nationale Identität zu bewahren.

Ich und China

Ich gebe verschämt zu: Ich war leider noch nie in China, doch als Ersatz dafür speise ich einmal wöchentlich in einem chinesischen Lokal. Dort esse ich selbstverständlich immer mit Stäbchen, normalerweise mit zweien, und wenn ich auf Nulldiät bin nur mit einem.

Zudem nahm ich mir neulich mir vor, mich gründlich mit der chinesischen Weisheit auseinanderzusetzen. Die schönsten Reiseerlebnisse finden ja bekanntlich im Kopf statt. Für den Anfang habe ich mir das philosophische Werk „Konfuzius für Gestresste“ angeschafft. Aber ich bin im Augenblick derart im Stress, dass ich wahrscheinlich erst etwas später dazu kommen werde es zu lesen. So in 15 bis 20 Jahren. Das ist jedoch nicht weiter schlimm, denn ich habe gehört, Konfuzius selbst hätte auch erst im hohen Alter die Erleuchtung erlangt.

Zusätzlich dazu habe ich mich noch reichlich mit der tiefen Weisheit der chinesischen Sprichwörter befasst. Das war gar nicht so einfach, denn es gibt davon so viele wie Sand am Gelben Meer. Ich habe tausende davon ergooglt und gespeichert und danach habe ich sie alle wieder gelöscht. Denn eine Feng-Shui-Lehre, die ich mal im Autoradio hörte, besagt, durch Abwerfen von unnötigem Ballast bringt man seine angestaute Energie und damit sein ganzes Leben in Schwung. Ein uraltes Sprichwort habe ich mir dennoch gemerkt: „Die Ehe ist wie eine belagerte Burg: Die, die drin sind, wollen alle raus und die, die draußen sind, möchten alle rein." Also wussten die Chinesen schon vor tausenden von Jahren haargenau, was wir heute in Europa empfinden werden.

Ich habe mich auch mit dem chinesischen Horoskop beschäftigt, darin gibt es weder Waage, Zwillinge noch Schütze. Dafür gibt es zwölf Tiere wie Ratte, Hund oder Büffel. Ich bin Sternezeichen Hahn und suche eine prickelnde Freizeitbeziehung zu einem weiblichen Hasen oder genauer gesagt Häschen, aber bitte um Diskretion, denn meine Frau ist Tiger, Aszendent Drache.

Das rasante Wachstum der chinesischen Wirtschaft und die extrem niedrigen Lohnkosten haben zahlreiche westeuropäische Firmen dazu veranlasst, einige wichtige Aufgaben ins Reich der Mitte zu verlagern. Auch ich möchte in Zukunft nach diesem Modell meine Qigong-Übungen, die mich viel zu viel Zeit kosten und dadurch auch eine Menge Geld, von einem kompetenten Chinesen in China zu sehr günstigen finanziellen Bedingungen ausführen lassen.

Und last but not least muss ich langsam anfangen Chinesisch zu lernen. Meine Frau und ich möchten ein chinesisches Baby adoptieren, und wir möchten es gerne verstehen, wenn es zu sprechen anfängt.

Die Deutschen und die Schweizer

Wirft man einen Blick auf die europäische Landkarte, kann man sofort sehen, dass die Schweiz viel weniger Raum als Deutschland einnimmt. Aber das ist eine pure Täuschung. In Wirklichkeit ist Helvetia weitaus größer als ihr nördliches Nachbarland, nur dass sich ihre Fläche größtenteils nicht wie üblich waagerecht, sondern viel eher senkrecht entfaltet. Sie geht an besonders bergigen Stellen sogar bis fast 5000 m nach oben. Würde man also ein Riesenbügeleisen nehmen und die Schweiz damit glatt bügeln, würde sie flächenmäßig weit nach Norden, ungefähr bis nach Hamburg reichen.

Ich wohne in Düsseldorf und fahre immer wieder gerne

nach Süden, in die französische, italienische, vor allem aber in die deutsche Schweiz. Denn lediglich dort kann ich die Einheimischen problemlos verstehen, aber freilich nur dann, wenn sie Englisch reden.

„Es gibt Ausländer, die ein Deutsch ohne jeglichen Akzent sprechen; das sind Glücksfälle. Und dann gibt es Ausländer, die einen Akzent ohne jegliches Deutsch sprechen; das sind Schweizer", konstatierte einst ein extrem fremdsprachenbegabter Schweizer, wie man feststellen kann, wenn man diese Ausführung liest, denn sie ist in einem absolut akzentfreien Deutsch geschrieben.

Auch zeichnen sich Schweizer durch ihre Riesenhilfsbereitschaft gegenüber den Deutschen aus, denn sie geben ihnen einige sehr nützliche Tipps, wie zum Beispiel: „Sie brauchen für einen Urlaub in der Schweiz weder einen Sprachkurs noch ein Wörterbuch. Vertrautheit mit dem Wechselkurs und dem Scheckbuch genügt."

Im Allgemeinen finden die Deutschen die Schweizer ganz in Ordnung, aber es gibt auch einige Schweizer, wie zum Beispiel Friedrich Dürrenmatt oder Max Frisch, die werden von den deutschen Jugendlichen gehasst, denn sie haben ein paar Bücher geschrieben, die man nicht nur kaufen, sondern auch noch für die Schule lesen muss.

Die bildenden Schweizer Künstler stoßen in Deutschland auf große Bewunderung, vor allem der Maler und Bildhauer Alberto Giacometti. Seine bekannteste Plastik, „L'homme qui marche"/ „Der schreitende Mann", ein langer, dünner Mann, kann auf einer 100-Franken-Banknote betrachtet werden. Als Giacometti-Liebhaber sammle ich solche Scheine, wer wel-

BARTÁK

che davon besitzt, der soll sie mir bitte zusenden.

Ein anderer Schweizer Bildhauer, Jean Tinguley, hat mit seinen sich bewegenden Skulpturen aus Altmetall eine Riesenberühmtheit in Deutschland erlangt. Bei einer kürzlich in Berlin durchgeführten Straßenumfrage konnte jeder einzelne der 3000 Befragten mit dem Begriff *Tinguley* sofort etwas anfangen: 36% hielten Tinguley für ein Waschmittel, 24 % für eine Weinsorte und 16% für einen Zirkus, das gerade durch Deutschland tingelte. Diese Ergebnisse zeigen uns einmal mehr, auf welch penetrante Weise die Schweizer Kunst inzwischen in den deutschen Alltag eingedrungen ist.

Was die Schweizer Exportartikel betrifft: Deutsche haben bekanntlich einen Faible für Schweizer Käselöcher, die sie schon seit Urzeiten gerne als bewährtes Diätmittel konsumieren. Auch die Schweizer Schokolade kommt in Deutschland gut an. Bei einer Verbraucherbefragung stellte sich heraus, dass 46% der deutschen Bevölkerung zu diesem Genussmittel nie *nein* sagen kann. Die restlichen 54% haben gelogen.

Unter dem Strich: Die Deutschen können mit den Schweizern eine ganze Menge anfangen oder eben auch nicht. Wie dem auch sei, eins steht auf jeden Fall fest: Diese beiden Völker sind sich extrem ähnlich, doch lediglich in den Punkten, in denen sie sich nicht voneinander unterscheiden und das sind unter dem Strich nicht viele.

Neapel und die Neapolitaner

Bei meinem Neapel-Besuch im Oktober stellte ich Folgendes fest: Der typische Neapolitaner redet extrem viel und laut, und zwar nicht nur mit dem Mund, sondern auch mit Händen und Füßen, denn er verfügt über einen beträchtlichen Energieüberschuss. Seine Zielstrebigkeit ist unübertrefflich, vor allem, wenn er sich auf Rädern fortbewegt. Er weiß ganz genau, wo er hinkommen möchte, und davon lässt er sich durch nichts abbringen, auch durch eine rote Ampel nicht. Rote Ampeln werden vom typischen Neapolitaner nie beachtet, wie ich bei meinem Neapel-Besuch bemerkte. Das stellte mich vor ein logisches Dilemma. „Wozu braucht ihr in Neapel denn

BARTÁK

eigentlich überhaupt noch Ampeln?", fragte ich meinen Freund Vincenzo, der Friseur in Neapel ist. „*Una funzione decorativa*. Sie dienen zu rein dekorativen Zwecken", kam die Antwort. Früher baute man also prächtige Pallazos, heute errichtet man Ampeln, denn der Sinn des echten Neapolitaners für Ästhetik ist nach wie vor ungebrochen.

Die Zielstrebigkeit der unzähligen neapolitanischen Mofafahrer bringt sie gelegentlich dazu, zwischendurch auch mal ganz spontan den Fußweg zu benutzen, wenn die Straße verstopft ist, was eigentlich fast immer der Fall ist. Das ist aber nicht weiter schlimm, denn dadurch ist man als Fußgänger dazu angehalten, seine Reaktionsgeschwindigkeit zu trainieren. Dank Neapel entdeckte ich angenehm überrascht, dass ich viel höher springen konnte, als ich vermutet hätte.

In Neapel benutzen nicht selten drei oder vier Leute dasselbe Mofa, natürlich alle gleichzeitig. Und Rodolfo, ein Polizist aus Neapel, den ich bei Vincenzo kennen lernte, berichtete mir, er habe einmal, während er seinen Dienst ausübte, sieben Personen im selben kleinen Auto gesehen. „Volevo fermargli, ma ho rinunciato quando ho visto un' altra macchina piu piccola con otto persone", so Rodolfo. „Ich wollte sie sofort anhalten", so Rodolfo, „doch ich gab es auf, als ich plötzlich in einem noch kleineren vorbeifahrenden Wagen acht Personen entdeckte."

In Deutschland hätten diese acht Leute in der Regel acht verschiedene Autos gebraucht, die dann freilich auch eine achtfache Umweltverschmutzung verursacht hätten. Also Verkehrswidrigkeiten hin oder her, eins muss man den Neapolitanern lassen: Ihr Beitrag zur CO2-Reduzierung ist einfach beachtlich. Kein Wunder also, dass sie über ein so gutes und stabiles Klima verfügen.

Kreuz und quer über die Insel

Eine Insel ist nichts anderes als eine vollständig vom Wasser umgebene Landmasse, ihre Größe kann zwischen winzig und riesengroß varieeren. Zu den größten Inseln der Welt gehören u.a. Grönland und Borneo, die klimamäßig extrem unterschiedlich sind: Auf Grönland herrscht eine Durchschnittstemperatur von minus 11 Grad, auf Borneo von plus 25 Grad. Das erklärt auch, wieso der Sommer auf Grönland wesentlich kürzer als der auf Borneo ist: Er zieht sich wegen der Kälte zusammen.

Zu den kleinsten Inseln weltweit zählen die Atoll-Inseln der Malediven, über die man bisweilen streitet, ob sie bald versinken werden oder nicht. Dadurch weisen sie eine gewisse Ähnlichkeit mit der Insel Atlantis auf, über die man bisweilen streitet, ob es sie überhaupt gab, und ob sie versunken ist oder nicht.

Auch die Ägäischen Inseln sind sehr klein, so klein, dass ihr Verkauf zur Schuldentilgung Griechenlands bei weitem nicht ausreichen würde.

Die siebtgrößte Insel der Welt ist Großbritannien, man nennt sie auch schwimmende Insel, zumal sie, je nach Interessen der Briten, mal an Europa heranschwimmt und sich mal davon entfernt.

Manchmal bezeichnen Inselnamen zwei gegensätzliche, unvereinbare Dinge wie schwarz und weiß (Black Island und White Island), Feuer und Wasser (Fire Island und Water Island) oder gar Mann und Frau (Isle of Man und Isla Mujeres).

Angesichts der Vielfalt der Inselnamen meinte Albert Einstein träumerisch: „Gäbe es auch eine Insel der Vernünftigen, wäre ich dort ein Patriot."

Bei einer kürzlich durchgeführten Umfrage nach den drei Dingen, die man auf eine einsame Insel mitnehmen würde, gab es hochinteressante Antworten wie zum Beispiel drei Zahnbürsten, drei Flaschen Bier oder drei Kondome, aber das war freilich ein Scherz. Wenn ich auf eine einsame Insel auswandern würde, würde ich allen Ernstes meine Frau mitnehmen und zwei Ohrenstöpsel, damit ich sie nicht die ganze Zeit hören muss.

„Wenn man nicht kentern möchte, dann kaufe man sich kein Boot, sondern eine Insel", empfahl Marcel Pagnol. Das ist ein prima Ratschlag und Pagnols Ironie beiseite, es gibt heute in der Tat ein Riesenangebot an Inseln, die käuflich sind.

Wer das nötige Kleingeld dafür hat, der kann sogar ein ganzes Archipel erwerben, wer nicht, der muss sich halt mit nur einer Halbinsel zufrieden geben.

Auch ich spiele nun ganz ernsthaft mit dem Gedanken, eine kleine, einsame Insel zu erwerben, um dort meine eigene Verfassung auszurufen und stressfrei und ungestört von lästigen Zeitgenossen zu leben. Ich habe mir bereits diverse Insel-Preislisten angeschaut, wodurch ich danach erst recht reif für die Insel war. Doch andererseits sehe ich freilich auch ein, dass diese exorbitanten Preise völlig berechtigt sind, denn all die im Katalog aufgeführten Inseln verfügen über eine Toplage: direkt am Wasser, mit Meerblick. Eine Insel ohne Wasser drumherum wäre da schon wesentlich günstiger.

Fremde Kulturen kennen lernen

Mir graut es vor Touristen, die ins Ausland fahren, um dort die Heimat zu suchen, statt sich auf die Eigenarten des jeweiligen Landes einzulassen. Weder der rheinische Sauerbraten, noch das Düsseldorfer Altbier lassen mein Herz auf meinen Reisen jenseits der Grenzen höher schlagen. Um Bratwürste oder Reibekuchen zu verschlingen, muss ich keineswegs ins Flugzeug steigen und das Weite suchen, wie es so manche meiner Landsleute tun. Mich irritieren auch diese Vergleiche, die oft in der Fremde gemacht werden, wenn etwas anderes als das, was man gewöhnt ist, auf den Teller kommt:

BARTÁK

Das schmeckt fast so gut wie bei uns, das schmeckt nicht so gut wie bei uns.

Sobald *ich* die Grenze überquert habe, vermeide ich ganz systematisch alles, was typisch deutsch ist. Ich gebe mir dann so richtig Mühe, ein Ausländer unter Ausländern zu sein und interessiere mich nur noch für exotische Dinge. So trinke ich zum Beispiel auf Teneriffa russischen Wodka, weil er dort zollfrei zu kriegen ist, und in Frankreich natürlich französischen Wein, den ich aber schon vorher in einem Discountlanden in Deutschland kaufe, weil er dort wesentlich weniger als in Frankreich kostet.

Um anderen Kulturen näher zu kommen, sind auch die Fremdsprachen extrem wichtig. Daher habe ich mich vor einem Monat zu einem Italienischkurs für Anfänger angemeldet, da habe ich sehr viel gelernt, zum Beispiel *Tschüss* heißt auf Italienisch *Ciao.* Das sagte ich zum Kursleiter, als ich den Kurs nach einer Woche wieder verließ, weil er viel zu schwierig für mich war.

Aber trotzdem habe ich noch zwei Vokabeln behalten, das war ganz einfach, vor allem, weil ich sie schon vorher kannte: *Cantare,* das heißt auf Italienisch singen. Am besten singen die italienischen Frisöre, Frisör heißt auf Italienisch *Figaro*, und viele von ihnen sind so berühmt, dass sie immer wieder in der Oper oder sogar im Fernsehen auftreten, sodass ich gar nicht nach Italien zu fahren brauche, wenn ich sie mir anhören möchte.

Ich bleibe lieber zu Hause, und mit der gesparten Kohle fahre ich dann nach Holland, bis knapp hinter die Grenze, dort kaufe ich mir den typisch holländischen Kaffee. Er zeichnet sich dadurch aus, dass er aus Südamerika kommt und in Deutschland verpackt wird, aber bis zu 20 Prozent weniger als hierzulande kostet und dadurch ein ganz tolles Aroma entwickelt.

Und aufgrund meiner ausgesprochenen Affinität zur Kultur, mache ich heute noch eine Kulturreise nach Luxemburg, um voll zu tanken und meine sechs 10-Liter-Kanister aufzufüllen. Noch ist dort der Kraftstoff preiswerter als hier zu haben, und ich brauche viel Kraft für meine bevorstehenden Kulturtouren.

Der Reisebericht

Mache ich eine schöne Urlaubsreise und kehre danach wieder heim, ist es mir sehr danach über meine Reiseerlebnisse zu berichten. Dabei habe ich nur einen Wunsch: dass man mir aufmerksam zuhört. Das ist nicht viel verlangt. Und trotzdem erlebe ich in dieser Hinsicht immer wieder neue Enttäuschungen.

„Ich war in Sevilla...“, fange ich an zu erzählen.

„Tolle Stadt! Da war ich schon dreimal! Was sagst du zu dieser phantastischen Kathedrale?“, meint der andere.

„Au ja! Einmal am Vormittag...“

„Nein, nein, mein Lieber! *Im Abendlicht* muss man die mal gesehen haben!“

So ungefähr geht das mit meinen Reiseberichten. Der andere weiß es immer besser, er hat angeblich mehr als ich vom Duft der weiten Welt geschnuppert, und seine Erfahrungen lassen meine verblassen. War ich in einem Zoo, hat mein Zuhörer einem rabiaten Löwen im Urwald den Garaus gemacht. Habe ich den Papst *live* vor dem Petersdom gesehen, hat mein Gegenüber demselbigen im Vatikan die Hand geküsst. So beginnt man langsam, aber sicher an seinem Schicksal zu verzweifeln.

Gestern jedoch, als ich Heiko traf, sollte das Gewohnte eine ungewöhnliche Wendung nehmen. Von weitem grinste mir Heiko fröhlich zu, denn er wusste, ich war die letzte Woche verreist gewesen. Und er war sichtlich darüber erfreut, das, was ich ihm erzählen wollte, durch erbarmungslose Einlagen zunichte zu machen. Da hatte ich eine alberne Idee. Nach kurzer Begrüßung startete ich ohne Übergang: „Hör zu! Das muss ich dir einfach erzählen! Ich war letzte Woche in Paris, und schon gleich am ersten Tag habe ich den Buckingham Palace besichtigt. Die Aussicht beim Sonnenuntergang war überwältigend: rechts der Gardasee, links die Donau, und ganz weit im Hintergrund die Karpaten. Am Mittwoch habe ich mich dann sogar mit der Queen fotografieren lassen. Guck mal hier!“ Und ich zeigte Heiko ein Foto vom Roten Platz. „Schön in Paris, nicht wahr? Am meisten haben mich die Pinguine beeindruckt, die überall den Straßenverkehr lahmlegten. Doch kein Mensch regte sich darüber auf, nicht einmal die Taxifahrer! So was hast du noch nie erlebt, was?“

„Haha! Witzbold!“, sagte Heiko trocken. „So ein Blödsinn!“

Aber wieso denn Blödsinn? Es kommt doch nur darauf an, *wie* man die Realität betrachtet. Im wesentlichen ist es völlig unwichtig, ob es in Paris Pinguine in Hülle und Fülle gibt oder nicht. Das einzige, was zählt ist, dass man über eine Reise berichten kann, ohne dauernd ergänzt zu werden. Das habe ich endlich geschafft.

Denn wie sagte Niccoló Machiavelli? *Der Zweck heiligt die Mittel*. Oder hat das Niccoló Paganini hervorgebracht? Oder Niccoló Puccini? Egal. Es ist eigentlich wurscht, wer etwas Wichtiges gesagt hat. Hauptsache, er hat es gesagt und wurde dabei nicht unterbrochen.

Urlaubsbeschwerde

Das war wirklich keine Freude, wie es in den letzten Tagen geregnet hat, doch mein Urlaub auf Teneriffa war auch keine Erholung. Gleich nach der Ankunft im Hotel „Sol y mar“ haben meine Frau und ich leider festgestellt, dass man uns beim Empfang auf *Spanisch* begrüßte und Deutsch nur mit ziemlich starkem fremden Akzent sprach. Und als wir danach auf die Straße gegangen sind, war es noch schlimmer, denn in der ganzen Umgebung hat man hauptsächlich Spanisch, Russisch, Englisch, Bayerisch oder was weiß ich noch alles gesprochen. Sodass ich mich als Deutscher reichlich ausgegrenzt gefühlt habe, wo war denn die hochgelobte

Gastfreundschaft der Einheimischen geblieben?

In der Hotellobby habe ich kurz danach Helmut aus Bielefeld kennen gelernt, der in Madrid arbeitete. Um aus Madrid nach Teneriffa zu gelangen, hatte er lediglich zwei gute Flugstunden gebraucht, wir hingegen hatten aus Düsseldorf kommend sage und schreibe fast vier Stunden mehr dazu benötigt! Das Reisebüro hat uns da offensichtlich durch seine fragwürdigen Flugangebote ganz schön benachteiligt!

Auch haben wir unser Hotelzimmer, das 31,9 m2 betrug mit dem Zimmer der vierköpfigen Nachbarfamilie verglichen, das ganze 43,8 m2 groß war. Dabei haben wir überrascht festgestellt, dass unser Zimmer wesentlich kleiner war! Als ob wir nicht auch bezahlt hätten wie alle anderen.

Über diese Raumbenachteiligung hätte ich ja noch hinweggesehen, jedoch wurde uns darüber hinaus auch noch ein Doppelbett statt zwei Einzelbetten zugeteilt, sodass meine Frau nun schwanger ist. Das alles hat nun der Reiseveranstalter zu verantworten! Der kann sich ja auf etwas gefasst machen!

Ich bin bestimmt nicht kleinlich und würde gewiss keine Regressansprüche stellen, wenn nicht so viele unzumutbare Dinge innerhalb von nur einer Woche zusammengekommen wären. Was wir täglich am Strand erlebt haben, hat uns den Rest gegeben: Die im Reisekatalog hochgepriesene spanische Sonne sah genau so wie die deutsche Sonne aus, mit dem einzigen Unterschied, dass sie wesentlich heißer war. Und darüber hinaus war sie auch noch extrem schädlich, nur wegen ihr haben wir uns einen schlimmen Sonnenbrand zugezogen. Und am Strand lagen außerdem überall Kieselsteine herum, doch ein Warnschild bezüglich der von diesen Steinen ausgehenden Gefahr war nirgendwo vorhanden, sodass ich meine Fußsohlen dadurch arg verletzt habe.

Und als wir uns eines Tages auf den vom Reiseveranstalter angebotenen Busausflug zum höchsten Berg Spaniens, dem Teide, begeben haben, konnten wir den Gipfel von oben nur teilweise ausmachen, zumal er umhüllt von Wolken war. Wozu waren wir denn über dreitausendfünfhundert Meter hochgefahren?

Nun werde ich also den Reiseveranstalter auffordern, die sich aus meiner Beschwerde ergebende Entschädigung auf mein Konto zu überweisen. Mit diesem Geld werde ich Teneriffa im nächsten Jahr wieder besuchen, aber natürlich mit einem anderen Reiseveranstalter, um diese Insel auch mal auch auf angenehme Weise kennen zu lernen.

Besondere Briefe

Brief an das Finanzamt

Mit der Weisheit des Alters gesegnet stellte der englische Dramatiker Oscar Wilde eines Tages fest: „Als ich klein war, glaubte ich, Geld sei das Wichtigste im Leben. Heute, da ich alt bin, weiß ich: Es stimmt.“

Ich möchte nun den Wahrheitsgehalt dieses Statements voll und ganz unterstreichen; nach dieser Devise zu leben, macht sich voll und ganz bezahlt. So habe ich vor sieben Jahren meine jetzige Frau geheiratet und die beträchtliche Geldsumme, die ihr Konto zierte, war eine herrliche Mitgift, die mein Leben versüßte. Noch viel schöner wäre es natürlich gewesen, wenn diese Mitgift ganz ohne meine Frau in mein Eigentum übergegangen wäre, aber was soll's!

Ich besitze übrigens auch drei kleine Kinder. Das eine ist leider nervender und unerträglicher als das andere, aber nun ja! Man kann nicht alles haben, und wenn ich gut überlege, ist schließlich kein Kind der Welt so missraten, dass es nicht für eine Steuerermäßigung gut wäre.

Das beachtliche Vermögen, das ich nach der Eheschließung mein Eigen nennen durfte, ermöglichte es mir umgehend einen Autoreifen-Service ganz nach meinen Wunschvorstellungen zu gründen. Das Geschäft brummt, wir haben alle Hände voll zu tun und müssen daher sogar in zwei Schichten mit zwei Einsatzteams arbeiten: Das eine Team zieht in der Nachtschicht los, um die Reifen der in der Umgebung geparkten Autos aufzuschneiden, das andere Team sorgt tagsüber dafür, dass man die kaputten Reifen repariert oder austauscht. Unsere Kunden sind mit unserem flotten Service vollends zufrieden, sodass das Unternehmen unaufhaltsam und rasant expandiert, was aber freilich auch mit gewissen Sorgen verbunden ist. Vorgestern zum Beispiel rief mich mein Buchhalter an und meinte: „Ich habe schlechte Nachrichten für Sie! Das letzte Geschäftsjahr war das erfolgreichste, das wir bisher hatten. Das heißt, wir müssen noch mehr Steuern als bisher zahlen.“

Noch mehr Steuern? Das sehe ich überhaupt nicht ein. Ich bin natürlich stolz alljährlich Steuern für den Staat zu entrichten, doch wenn ich nur noch die Hälfte der von mir angeforderten Steuern zahlen müsste, wäre ich sogar noch stolzer. In diesem Sinne habe ich zugegebenermaßen bei meinen bisherigen Steuererklärungen, wo es nur ging herumgetrickst, was mich aber seit einiger Zeit sehr belastet.

Also setzte ich mich letzte Woche nach Dienstschluss hin und schrieb einen Brief an das Finanzamt:

„Sehr geehrte Damen und Herren!

Ich bin jetzt mal ganz ehrlich zu Ihnen: In den letzten Jahren habe ich leider regelmäßig Steuer hinterzogen und deswegen finde ich seit einigen Wochen überhaupt keinen Schlaf mehr. Daher sende ich Ihnen als Anhang einen Scheck über 2000 Euro. Wenn ich auch weiterhin keinen Schlaf finden sollte, werde ich Ihnen weitere Schecks zuschicken."

Aber es würde mich natürlich wundern, wenn das Finanzamt auf mein Schreiben reagieren sollte. Denn ich habe leider vergessen, den Brief zu frankieren und er kam wieder an mich zurück. Schlaflosigkeit hin, Schlaflosigkeit her, ich glaube, ich werde die 2000 Euro behalten, ich brauche sie dringend für meine Firma. Denn wer heute nicht immer wieder neu investiert, der geht natürlich mit der Zeit Pleite.

Brief an das Bildungsministerium
oder
Darwinismus vs. Kreationismus

Sehr geehrte Damen und Herren,

Ich habe mir über den Konflikt zwischen Darwinismus und Kreationismus, in dem der Kreationismus zunehmend an Boden gewinnt, reichlich Gedanken gemacht und nun möchte ich diesbezüglich eindeutig Position beziehen. Die Darwinisten vertreten die Evolutionstheorie und behaupten, der Mensch würde vom Affen abstammen, und sogar der Papst Johannes Paul II. erklärte, die Evolutionstheorie sei mehr als nur eine Hypothese. Die Kreationisten hingegen legen die Bibel wörtlich aus und meinen, dass die Lebewesen seit Anbeginn der Zeit in ihrer heutigen Form existiert hätten. 42 Prozent der Amerikaner und immer mehr Europäer sind inzwischen dieser Ansicht.

Bemüht um absolute Objektivität und nach tiefgehender Analyse der Lage, kam ich zu folgendem Ergebnis: Die Auseinandersetzung zwischen Darwinisten und Kreationisten ist absolut lächerlich. Denn weder die Darwinisten noch die Kreationisten haben auch nur im Ansatz Recht, die Wahrheit liegt ganz woanders, und zwar bei mir. Um das Kind beim Namen zu nennen: Ich bin Storkist, also überaus engagierter Vertreter einer ganz anderen Theorie über Ursprung und Fortsetzung des Lebens. Sie ist die einzig wahre und nennt sich *Storkismus*.

Die Storkismus-Kernaussage lautet: Es gab die Menschen immer schon in Form von Babys. Wo? In einer uns nicht zugänglichen Parallelwelt, woher der Storch sie fleißig und unermüdlich herbeischaffte. Das tut er selbstverständlich auch heute noch.

Im Zentrum des Storkismus steht daher einzig und allein der Storch, auf English *stork*, woher diese Theorie auch ihren Namen bezieht.

Zwei ausschlaggebende Beweise dafür, dass allein der Storkismus den Nagel der Erkenntnis auf den Kopf trifft, und dass sowohl der Darwinismus als auch der Kreationismus von A bis Z falsch liegen:

1. Die Existenz des Storches ist im Unterschied zu den Argumenten der Darwinisten und Kreationisten leicht nachprüfbar und unbestritten, sie kann von jedem Ornithologen bestätigt werden.

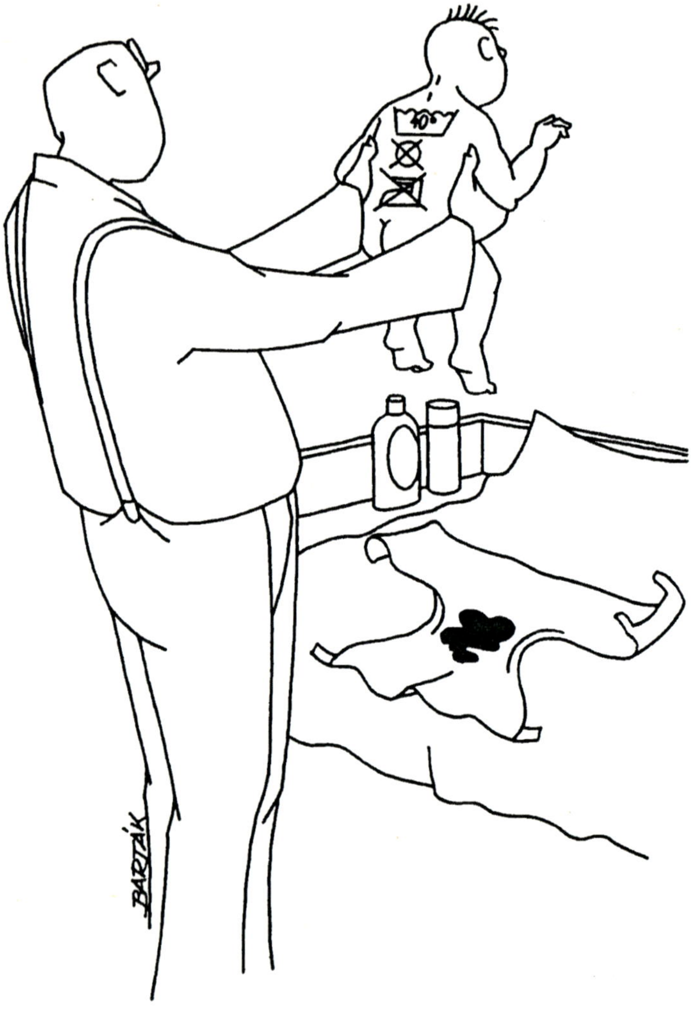
40°
BARTÁK

2. Die Existenz des menschlichen Lebens in seiner heutigen Form ist allein dem Storch zu verdanken, denn es gibt nachweislich eine direkte Verbindung zwischen der Geburtenrate in Europa und der Anzahl der Störche: Beide gehen seit Jahren zurück.

Angesichts dieser überwältigenden Fakten beantrage ich hiermit, den Storkismus als eigenständiges naturwissenschaftliches Fach in alle Schulen unseres Landes einzuführen und an allen Universitäten, wo Darwinismus oder Kreationismus gelehrt wird, parallel mindestens einen Storkismus-Lehrstuhl einzuplanen.
Mit vorzüglicher Hochachtung,
Dr. Reiner Storch

Brief an die Ehebeberatungsstelle

Sehr geehrte Damen und Herren!

Nun ist es leider soweit: ich stehe vor der endgültigen Trennung von meiner Frau. Daran ist nichts mehr zu ändern, und mit diesem Gedanken haben wir uns beide seit einiger Zeit abgefunden.

Auch haben wir ausführlich besprochen, wie sich unser gesamtes Hab und Gut, dass wir in zwanzigjähriger Ehe erwirtschaftet haben, teilen lässt, und darüber haben wir uns rasch geeinigt. Sehr vorteilhaft hat sich für uns erwiesen, dass wir fast alles, was wir haben, in mindestens doppelter Ausfertigung besitzen. Das heißt: Wir haben zwei Betten, zwei Schränke, zwei Radiogeräte, zwei Fernsehgeräte, zwei Videorekorder, zwei Autos, zwei Tennisschläger, zwei Bücher, acht Stühle usw., so dass sich eigentlich alles ganz ohne Mühe halbieren lässt, wie Sie selbst nachrechnen können.

Nur gibt es da auch ein kleines Problem: wir besitzen gemeinsam nur ein einziges Kind. Es heißt Alfred, ist neuen Jahre alt und Sie werden uns bestimmt verstehen, wenn wir, aus Gründen, die auf der Hand liegen, von der Aufteilung des o.a. Jungen mit Entschiedenheit Abstand nehmen. Keiner von uns möchte auf Alfred verzichten, also wo soll das alles enden?

Ein Freund von mir behauptet, das Kind könne bis zu seiner Volljährigkeit abwechselnd einen Monat bei mir, einen Monat bei meiner Frau leben, doch würde dies meines Erachtens der Entwicklung des Kindes schaden und seine völlige Verunsicherung hervorrufen.

Nun hat meine Frau vorgeschlagen, ein zweites Kind mit mir gemeinsam zu zeugen und sie meint, das sei in diesem Fall, auch wenn wir uns hierfür mit der Trennung noch einige Zeit gedulden müssten, die richtige Lösung. Denn, und jetzt zitiere ich sie, „so könnte ja jedem von uns problemlos im Zuge der Trennung ein Kind zugute kommen, oder Schätzchen?“

Diese Lösung ist jedoch gar nicht so einfach, wie es sich zunächst anhört. Gegen die klare Logik meiner Frau ist in diesem Fall nichts einzuwenden, das muss man ihr lassen, aber andererseits verfolgt mich ein quälender Gedanke: wer garantiert mir, dass ich, wenn es soweit ist, das schönere und klügere Kind bekomme?

Die Frage an Sie: Soll ich unter diesen Umständen auf das Angebot meiner Frau verzichten? Und wenn nicht, ließe sich das Kind, das ich nach der Trennung erhalten würde, gegen das Kind, das meiner Frau teilhaftig wäre, eventuell auch per Gerichtsbeschluss austauschen?

Antworten Sie mir bitte schnell! Ich habe bereits zahllose schlaflose Nächte hinter mir, denn ich bin einfach zu sensibel, und mein Streben nach Vollkommenheit lässt mir überhaupt keine Ruhe.

Ein äußerst pflichtbewusster Vater

Brief an den Chefredakteur

„Sehr geehrter" Herr Chefredakteur,

letzten Monat habe ich Ihnen eine neue Satire für Ihre satirische Zeitschrift *Der Seitenhieb* vorgeschlagen. Es war (und ist es immer noch) der beste Text, den ich bisher nicht nur geschrieben, sondern auch gelesen habe. Dennoch haben Sie ihn nicht veröffentlicht und darüber hinaus, entschuldigen Sie, erdreisten Sie sich auch noch, mir einige angeblich wichtige Tipps zu geben, wie ich künftig mit meinen Vorschlägen zu verfahren habe. Ihre Tipps sind folgende:

Ich solle künftig, wenn ich in meinen Texten Staunen ausdrücken möchte, möglichst nur noch ein Ausrufezeichen verwenden. Da komme ich aus dem Staunen nicht mehr heraus!!! Wieso wollen *Sie mir* denn vorschreiben, wie intensiv ich zu staunen habe???!!! Entschuldigen Sie, aber ich bin ein freier Mensch und lasse mir von niemandem Vorschriften über meine Gefühle machen, merken Sie sich das!!!!

Auch geben Sie mir den Ratschlag, ich solle Ihnen meine einmal abgelehnten Beiträge nicht jeden Monat neu einsenden. Was soll der Schwachsinn??!! Sie können ganz einfach nicht zählen, entschuldigen Sie!! Die Wahrheit ist, dass Sie bisher meine sämtlichen Beiträge nicht nur *einmal*, sondern mindestens zehnmal abgelehnt haben.

Aber damit nicht genug, Sie geben mir auch noch den Tipp, unbedingt auf die korrekte Schreibweise der Eigennamen zu achten und bemängeln, ich hätte *Deutschlant* und *Bärlin* falsch geschrieben. Da belehren Sie aber den Falschen, denn sie waren noch lange nicht geboren, als *ich* schon ewig in *Deutschland* lebte. Sie Grünschnabel, entschuldigen Sie! Und ich hatte unsere schöne Hauptstadt *Bärlin* schon mindestens dreimal besucht, als Sie noch in die Windeln machten, leider. Also, wer weiß über diese Länder besser Bescheid??? Aber Schwamm drüber, ich möchte Ihnen ja jetzt nicht zu nahe treten.

Und zum Schluss geben Sie mir auch noch den Tipp, ich solle, wenn ich Satiren schreibe, unbedingt Ironie und Witz einsetzen. Ha, ha, ha!!! Ich lache mich tot. Und wenn Sie jetzt nicht lachen können, dann ist das nur, weil Sie null Sinn für Humor haben, entschuldigen Sie! Daher entgehen Ihnen auch meine Pointen. Zum Beispiel setzte ich in der Anrede dieses Schreibens die Worte *Sehr geehrter* in Anführungszeichen, weil ich genau das Gegenteil davon meinte. Das war ironisch gemeint, aber das haben Sie bestimmt gar nicht gemerkt. Haben Sie je feine Ironie verstanden??? Das glaube ich nicht!!!

Mit sehr kritischem Gruß,
Reiner Schreiber-Grins

IQ

Inhalt

Über Google, Gott und die Welt

Der alltägliche Wahnsinn

Auf Reisen

Besondere Briefe

Die POP-Verlag-Lyrikreihe

Poesie / poésie, Zeitgenössische Dichtung aus Frankreich und Deutschland. ISBN: 3-937139-00-1
Rodica Draghincescu: *Morgen und Abend.* ISBN: 3-937139-01-X
Ioan Flora: *Die Donau leicht ansteigend.* ISBN: 3-937139-04-4
Nichita Stănescu: *Elf Elegien.* ISBN: 3-937139-06-0
eje winter: *hybride texte.* ISBN: 33-937139-07-9
PAPI: *Manchmal später.* ISBN: 3-937139-10-9
Mircea M. Pop: *Heiratsanzeige.* ISBN: 3-937139-15-X
Chantal Danjou: *Blaues Land.* ISBN: 978-3-937139-19-2
Armin Steigenberger: *gebrauchsanweisung für ein vaterland.* ISBN: 978-3-937139-21-4
Valerie Rouzeau: *Nicht wiedersehen.* ISBN: 978-3-937139-22-2
eje winter: *liebesland.* ISBN: 978-3-937139-23-0
Uli Rothfuss: *vom atmen der steine.* ISBN: 978-3-937139-27-3
Ines Hagemeyer: *Bewohnte Stille.* ISBN: 978-3-937139-31-3
Dieter Schlesak: *Namen Los, Liebes- und Todesgedichte.* ISBN: 978-3-937139-30-2
Hellmut Seiler: *An Verse geheftet,* ISBN: 978-3-937139-32-X
Rainer Wedler: *deichgraf meiner selbst.* ISBN: 978-3-937139-34-3
Dato Barbakadse: *Das Dreieck der Kraniche.* ISBN: 978-3-937139-38-8
Dante Marianacci: *Herren des Windes / Signori del vento.* ISBN: **978-3-937139-40-0**
Emilian Galaicu-Păun: *Yin Time.* ISBN: **978-3-937139-41-8**
Tomaso Kemeny: *Jenseits der Wälder.* ISBN: **978-3-937139-42-5**
Ioana Nicolaie: *Der Norden.* ISBN: **978-3-937139-43-2**
eje winter: *kunstwörter, 44 x lyrik.* ISBN: **978-3-937139-46-3**
Aura Christi: *Elegien aus der Kälte.* ISBN: **978-3-937139-47-0**
Jan Goczoł: *Die abgewandte Seite des Mondes.* ISBN: **978-3-937139-48-7**
Henning Schönenberger: *Sitte und Sittlichkeit im ausgegangenen Jahrhundert.* ISBN: 978-3-937139-49-4
Gëzim Hajdari: *Mondkrank.* ISBN: **978-3-937139-55-5**
Manfred Wolff: *Gespräche mit niemand.* ISBN: 978-3-937139-59-3
Dimiter Dublew: *Gedichte von der Grenze.* ISBN: 978-3-937139-63-0

Norbert Sternmut: *Fadenwürde.* ISBN: 978-3-937139-67-8
Robert Şerban: *Heimkino, bei mir*. ISBN: 978-3-937139-70-8
Dieter Schlesak: *Heimleuchten.* ISBN: 978-3-937139-75-3
Arzu Alir: *Wenn Satan sich zum Rosenzweig beugt.*
ISBN: 978-3-937139-84-5
Urszula Usakowska-Wolff: *Perverse Verse.*
Debütpreis 2009 (Prima Verba). ISBN: 978-3-937139-86-9
Norbert Sternmut: *Nachtlichter.* ISBN: 978-3-937139-87-6
Horst Saul: *Wurzelherz, du. Texte zu Liebe, Nähe und Abschied.*
ISBN: 978-3-937139-89-0
Karl Wolff: *Alles Nebel oder was. Gedichte aus Absurdistan.*
ISBN: 978-3-937139-90-6
Horst Samson: *Und wenn du willst, vergiss.* ISBN: 978-3-937139-92-0
Wjatscheslaw Kuprijanow: *Der Bär tanzt*. ISBN: 978-3-937139-96-8
Shahla Agapour: *Oliver Twist in Teheran,* Gedichte.
ISBN: 978-3-937139-98-2
eje winter: *blattgold ein übern andern tag*. ISBN: 978-3-86356-000-3
Ines Hagemeyer: *Aus dem Gefährt, das dir Träume auflädt*.
ISBN: 978-3-86356-003-4
Norbert Sternmut: *Spiegelschrift.* ISBN: 978-3-86356-007-2
Boško Tomašević: *Allerneueste Vergeblichkeit.*
ISBN: 978-3-86356-009-6
Rainer Wedler: *Unter der Hitze des Ziegeldachs.*
ISBN: 978-3-86356-010-2
Michael Zoch: *Kometen vom Fass.* ISBN: 978-3-86356-015-7

Die POP-Verlag-Fragmentariumreihe

Rodica Draghincescu: ***Schreibenleben.*** *Literaturkommentar in ungewöhnlicher Form: Interviews mit Kulturpersönlichkeiten (Michel Butor, Kurt Drawert, Jean Orizet, Zsuzsanna Gahse, Dieter Schlesak ...).* ISBN: 3-937139-03-6

Dorothea Fleiss: ***Regatta erträumend.*** *Zeichen & Zeichnungen.* ISBN: 978-3-937139-35-4

Zuhause nur im Wort. *Eine Anthologie der Schriftstellerinnen und Schriftsteller im Exil Deutschsprachiger Länder.* Mit einem Vorwort von Wolfgang Schlott. Herausgegeben vom Exil-P.E.N. ISBN: 978-3-937139-64-7

Karl Wolff: ***Von Tiflis nach Tibilisi. Reise zum Ursprung einer Sehn-Sucht.*** ISBN: 978-3-937139-66-1

Ingmar Brantsch: ***Ich war kein Dissident.*** ISBN: 978-3-937139-68-5 Vergriffen - wird vom POP-Verlag nicht mehr vertrieben.

Dieter Schlesak: ***DER TOD UND DER TEUFEL.*** *Materialien zu „VLAD, DER TODESFÜRST. Die Dracula-Korrektur“* ISBN: 978-3-937139-75-3

Charlotte Ueckert und Manfred Chobot (Hrsg.): ***Der Jaguar im Spiegel.*** Ein KOGGE Lesebuch.ISBN: 978-3-937139-93-7

Die POP-Verlag-Universitasreihe

Edda Binder-Iijima, Romaniţa Constantinescu, Edgar Radtke, Olivia Spiridon (Hrsgg.): ***Gedächtnis der Literatur, Erinnerungskulturen in den südosteuropäischen Ländern nach 1989. Rumänien im Blickfeld.*** 536 S. ISBN: 978-3-86356-001-0

Uli Rothfuss: ***Bist du der Elch?. Auf der Spur des Glücks. Ty si ten los? Po stopách šťastia. Den Menschen und Erinnerungen, die bleiben. Venované ľuďom a spomienkam, ktoré ostanú navždy.*** (Deutsch / Slowakisch) ISBN: 978-3-86356-006-5

Die POP-Verlag-Epikreihe

eje winter: ***hybride texte.*** ISBN: 978-3-937139-07-9
Grigore Cugler: ***Apunake, eine andere Welt.***
ISBN: 978-3-937139-08-7
Ulrich Bergmann: ***Arthurgeschichten.*** ISBN: 978-3-937139-09-5
Francisca Ricinski: ***Auf silikonweichen Pfoten.***
ISBN: 978-3-937139-12-5
Anita Riede: ***Blühende Notizen. Liebe Luise, Briefe aus der Stadt. Pariaprojekt.*** ISBN: 978-3-937139-13-9
Rainer Wedler: ***Zwischenstation Algier.***
Roman. ISBN: 978-3-937139-11-7
Ulrich Bergmann: ***Kritische Körper.***
ISBN: 978-3-937139-25-7
Dieter Schlesak: ***Vlad. Die Dracula-Korrektur.***
Roman, ISBN: 978-3-937139-36-4
Markus Berger: ***Kopftornado.*** ISBN: 978-3-937139-51-7
Ioona Rauschan: ***Abhauen.***
Roman, ISBN: 978-3-937139-52-4
Thomas Brandsdörfer: ***Die schöne Insel.***
Roman. ISBN: 978-3-937139-53-1
Orhan Kemal: ***Die 72. Zelle.***
ISBN: 978-3-937139-54-8
Barbara-Marie Mundt: ***Raubkind.*** Roman,
Debütpreis 2008 (Prima Verba). ISBN: 978-3-937139-58-6
Johann Lippet: ***Migrant auf Lebzeiten.*** Roman.
ISBN: 978-3-937139-56-7
Dieter Schlesak: ***VLAD, DER TODESFÜRST. Die Dracula-Korrektur.*** 2., neu bearbeitete und ergänzte Auflage, 2009. Roman. ISBN: 978-3-937139-57-9
Imre Török: ***AKAZIENSKIZZE. Neue und alte Geschichten. Phantasieflüge.*** ISBN: 978-3-937139-69-2
Elisabeth Rieping: ***Die Altgesellen.*** Prosa,
Debütpreis 2009 (Prima Verba). ISBN: 978-3-937139-73-9

Romanița Constantinescu (Hrsg.), ***Im kalten Schatten der Erinnerung***. Eine Anthologie zeitgenössischer Prosa aus Rumänien. ISBN: 978-3-937139-76-0

Lucian Dan Teodorovici: *Dann ist mir die Hand ausgerutscht.* ISBN: 978-3-937139-80-7

Rainer Wedler: *Die Leihfrist.* Roman. ISBN: 978-3-937139-81-4

Carsten Piper: *Ab 18.* Roman. ISBN: 978-3-937139-88-3

Imre Török: *Insel der Elefanten.* Roman. ISBN: 978-3-937139-91-3

Ondine Dietz: *Meister Knastfelds Hybris. Liebeserklärung an das alte und junge Klein-Wien.* Prosa. Debütpreis 2010 (Prima Verba). ISBN: 978-3-937139-94-4

Albrecht Schau: *Von der belebenden Wirkung des Verbrechens. Urlaubsgrüße aus dem wahren Leben.* Roman. ISBN: 978-3-937139-95-1

Dante Marianacci: *Die Theißblüten.* Roman. ISBN: 978-3-937139-97-5

Johann Lippet: *Dorfchronik, ein Roman.* ISBN: 978-3-937139-99-9

Uli Rothfuss: *Tannenmörder*. ISBN: 978-3-86356-002-7

Jörg Kremers & Gerd Sonntag: *Also bin ich.* Roman. Debütpreis 2010 (Prima Verba). ISBN: 978-3-86356-004-7

Herwig Haupt: *Wieder Lust auf ein Bier. Kurzprosa für nachher.* ISBN: 978-3-86356-005-8

Wjatscheslaw Kuprijanow: *Ihre Tierische Majestät. Roman.* ISBN: 978-3-86356-008-9

Johann Lippet: *Der Altenpfleger. Zwei Erzählungen.* ISBN: 978-3-86356-012-6

Jan Cornelius: *Über Google, Gott und die Welt . Satirische Streifzüge. Mit Cartoons von Miroslav Barták.* ISBN: 978-3-86356-017-1